드림

행복을 물고 온 강아지 1

행복을 물고 온 강아지

고진미 지음 권세혁 그림

어느날 밤 딸아이 품에 안겨 불쑥 우리 곁에 찾아 온 '애기'
우리 가족에게 웃음꽃과 행복, 사랑을 선물한 '애기'
네가 허락한다면 다음 생에도 우리 가족이 되어 주지 않을래?
그땐 멋있는 이름으로 불러줄게…

첫 번째.

나는 왜 여기에 서 있을까?

가을바람이 심하게 불던 날
차들이 쌔앵 쌔앵 소리를 내며 지나가는 곳에서
그렇게, 그렇게 나는 서있었습니다.
온 종일 굶어 허기진 나는
덜덜 떨며 지나가는 사람들을 열심히 살펴보았지만
낯익은 사람은 보이지 않았고
낯선 사람들은 바쁘게 지나쳤습니다.
사람들의 얼굴을 알아보지 못할 정도로 어둑해졌을 때에는
춥고 무서운 마음에 온몸이 덜덜 떨리기 시작했습니다.
가슴에서 찌잉 소리가 나더니 코가 씰룩거리며 눈물이 나왔고
입에서는 울음이 저절로 나왔습니다.
깅깅깅 깅깅깅 (목마르고 배고파.)
깅깅깅 깅깅깅 (무서워, 무서워.)

"넌 누구니? 아침에 학교 갈 때 봤는데
지금까지 여기 있었던 거니?"
유일하게 내게 관심을 보여 준 대학생 누나는
울고 있는 나에게
따스하고 다정한 목소리로 말을 걸어 주었습니다.
난 그동안의 두려움을 보상이라도 받으려는 듯
와락 안기며 부들부들 떨기 시작했습니다.
한 동안 말없이 내 머리를 쓰다듬어 주던 누나는
"괜찮아, 괜찮아, 이젠 괜찮아."
내 옆에 놓여 있던 사료 봉투를 가방에 넣고
가로등에 묶인 내 목줄을 풀어 주었습니다.

두 번째.

운명의 시간

"제가 키울게요. 불쌍하잖아요. 응 엄마!"
불행하게도 우리는 집 안으로 들어가지 못하고
긴 시간을 현관에 서 있었습니다.
지금이야 아빠, 엄마, 누나라고 부르지만 이 날은
눈을 연신 꿈벅꿈벅 거리며
안으로 들어오라고 손짓을 하는 남자,
다시 두고 오라고 큰소리로 떠드는 여자,
그리고 날 안고 있는 누나라고 생각했지요.

낯선 상황에 겁에 질려 있던 나는
이 누나에게서 떨어지면 안 될 것 같은 생각에
발톱이 빠져라 옷을 움켜잡고 최대한 몸을 밀착시켰습니다.
"오늘은 바람도 불고 밤이 늦었으니 일단 데리고 들어 와라."
고맙게도 누나가 통 사정 한 덕분에
겨우 집안으로 들어 갈 수가 있었습니다.

끼이잉 끼이잉 (누나! 고마워요.)

물건도 아니고 곰실곰실 살아서 움직이는 나를

키울 자신이 없다고 목청 높이던 엄마가

"휴우~ 모르겠다. 오늘 밤부터 키울 결심 해야지 뭐."

연신, 쭛쭛 혀를 차며

"우유를 따끈따끈하게 데워 먹여라. 온 종일 굶었을 것 아니냐?"

꽥꽥 소리 지를 때는 언제고

다정한 목소리로 말을 하니 어느 것이 진짜 모습인지

나를 혼란스럽게 하는 사람입니다.

이상한 것은 따끈한 우유를 먹으면 기운이 솟아야 하는데

오히려 다리에 힘이 없어지기 시작했고

서러운 마음에 눈에선 눈물이 자꾸 나왔습니다.

오늘 나에게 일어났던

청천벽력 같은 일을 되짚어 생각해보려 애썼으나

눈꺼풀이 스르륵 감겨 생각은커녕 앉아 있을 수조차 없었습니다.

'일단 자고 일어나서 어떤 곳인지 어떤 사람들인지 살펴야 되겠다.'

거실에 있던 담요 속으로 들어가던 나는

나도 모르게 환호성을 지르며 마구 뒹굴었습니다.

와르르 왈왈 와르르 왈왈 (우와와! 따스해라.)

와르르 왈왈 와르르 왈왈 (우와와! 따뜻해.)

"아이쿠~ 쟤 진정시켜라. 갑자기 왜 저러지?"

"원래 명랑한 성격이었나 봐요."

"말을 못해서 그렇지 하루 종일 얼마나 기가 막히고 서러웠겠냐?"

"목줄로 묶어 놨기에 다행이지 차가 쌩쌩 달리는 곳인데…"

"울어서 촉촉하게 젖은 눈으로 애처롭게 쳐다보던 모습이

어찌나 짠하던지. 쯧쯧쯧"

담요를 입에 물고 뛰어 다니다 지친 나는

두런거리는 소리를 들으며 네 다리를 쭉 뻗고 꿀잠이 들었습니다.

세 번째.

또 버려질 수도 있다는 생각에 두려웠습니다.

실은 더 자고 싶었으나 시끄러워서 일어나야만 했습니다.
"오우 너 일어났구나?"
"잘 잤니?"
가족들이 저에게 한 마디씩 인사를 합니다.
"너 오늘 엄마 말씀 잘 듣고 있어야 한다. 안 그럼 큰일 나."
"여보 다녀올게요."
"예"

어제 밤에도
누나는 간절한 목소리로 애원을 했고
아빠도 들어오게 해주자며 사정 한 것만 봐도 그렇지만
지금도 저 마다 허락 받고 나가는 것을 보면
목소리 큰 엄마가 대장인가 봅니다.
가족들이 북적거릴 때는 괜찮았는데
둘만 남으니 머쓱해져 엉거주춤한 자세로 서 있는데
다짜고짜 엄마무릎에 내 머리를 얹고서는
콧등, 귓속을 살피고 온 몸의 털을 들썩거립니다.
심지어
나를 홀러덩 뒤집어 놓고 배, 발바닥까지 살펴봤습니다.

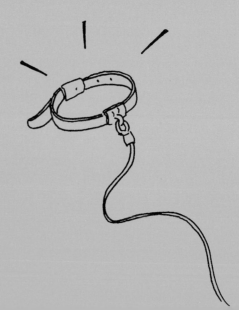

갑자기

벌떡 일어나 내 목줄을 갖고 옵니다.

너무 놀란 내 심장이 쿵쾅거려 가슴 털까지 흔들렸습니다.

꺼겅 꺼겅 꺼겅 (앗! 저 목줄! 안 돼요.)

꺼겅 꺼겅 꺼겅 (그곳에 다시 묶어 두지 마세요.)

날 버리지 말아 달라고 울부짖자

엄마는 살짝 당황하면서도 매몰차게

내 목에 목줄을 걸었습니다.

엘리베이터 안에서도 바깥 현관 앞에서도

서럽게 서럽게 울었습니다.

거리로 나서자

땅에 네 발바닥을 힘껏 찍어 누르고

엉덩이는 뒤로 쭉 뺀 채 버티었습니다.

끼요오우 끼요오우 (어제 그 곳으로 가지 않을래요.)

"어휴! 창피하게 왜 그래? 사람들이 쳐다보잖아."

목줄을 잡아 당겨보기도 하고

빨리 걸으라고 내 엉덩이를 밀다가 포기 했는지

날 번쩍 안았습니다.

"난 두 발로도 잘 걷는구먼, 네 개씩 있는 놈이… 중얼중얼…

널 때리기를 했냐? 꼬집기를 했냐? 동네 떠나가라 울기나 하

고…"

한걸음씩 옮길 때 마다 고시랑 거리며

날 안고 간 곳은 동물병원이었습니다.

네 번째.

병원

"이름, 나이, 주소를 적어주세요."
"이름과 나이는 모르겠어요. 자면서도 긁어 피가 나고 진물이
흘러요."
"피부병이 심하네요. 어디 보자."
이 아저씨에게 날 보내는 것은 아닐까 하는 생각에
가슴에서 쿵쿵쿵 소리가 나기 시작하는데
그 소리에 내 몸이 조각조각 부서지는 것 같았습니다.

꺼겅 꺼겅 꺼겅 (싫어! 싫어! 날 보내지 말아요.)

"이 녀석 가만히 있어야 치료를 하지."
낯선 아저씨도 날 꼭 붙들고 소리를 지릅니다.
목 근처가 따끔한 순간 나도 모르게 바닥으로 뛰어내려
엄마의 발아래로 구르다시피 달려갔습니다.
"우아악! 주사바늘이 휘었어요. 어떡해요, 어떡해"
비명을 지르며 날 안아 올린 엄마는
제 자리에서 발을 동동 구릅니다.
주사기가 목에 꽂혀 있다는데도 난 아픈 줄도 몰랐습니다.
엄마의 품에 다시 안기니
꺼경 꺼경 울음만 터져 나올 뿐이었습니다.

끼잉 끼잉 끼잉 (다시 집으로 가는 거죠?)

"간지러워 그만 핥아."

주사는 내가 맞았는데 엄마가 울었습니다.

난 안겨 가는 것이 꿈만 같아

뻘개 진 엄마의 눈을 열심히 핥았습니다.

"엄마랑 하룻밤 같이 잤다고 주인 대접하는 거야?"

날 치료해주는 의사선생님을 물거나 할퀴면 안 되는 것이라고

나긋한 목소리로 말을 해줘서

목에 이상한 것을 채워 놓아 불편했어도 참을 수가 있었습니다.

"자네, 병원에서 소동 피웠다며?
사내 녀석이 이젠 씩씩하게 살아야지."
"가려움증이 가라앉았나 봐요. 덜 긁네…
그런데 인공위성 같은 것은 왜 목에 둘렀어요?"
"발톱으로 눈 긁으면 다칠까봐 씌어 놓은 거야
그리고 생후3~4개월 정도 된 애기래."
머리를 쓰다듬으며 온 가족이 한 마디씩 하곤 틈틈이
약을 발라주어 가려움이 슬그머니 사라졌습니다.
가족들과 함께 있게 되니
또 다시 버려지는 것은 아닐까 하는 두려움에
큰소리로 울었던 것이 부끄러웠습니다만
긴장이 풀렸는지 잠이 눈으로 쏟아져 들어 왔습니다.
'아! 졸려…'
"약기운에 잠만 자나 봐."
약 먹이기 전에 밥을 꼭 챙겨 먹이라는
아빠의 목소리가 아주 먼 곳에서 들리는듯합니다.

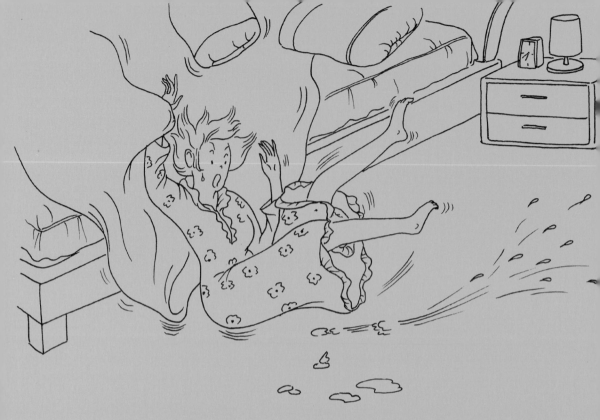

다섯 번째.

칭찬은 까까로 이어지고

철퍼덕, 쿵 소리가 나더니 엄마가 바닥에 넘어졌습니다.

"애기야! 똥, 오줌은 화장실에서 싸야 돼. 너 때문에 또 넘어졌잖아."

요 며칠 엄마를 관찰해보니 덤벙대고 조심성이 없더라고요.

내 보기엔 덜렁대서 넘어지는 것 같은데

모든 것을 내 탓으로 돌립니다.

똥을 치우며 내게 가족에 대한 배려와, 예의,

그리고 상식을 배워야 한다고 끝없이 떠드는 동안

나는 지루해서 하품만 계속 했습니다.

나는 너그러운 성격이라 같이 잘때
무거운 엄마다리를 내 목에 올려놓았어도
또 뒤척이며 날 깔아뭉개어 고통스러웠어도
난 엄마 두 발을 모아 잡고 큰 목소리로
'엄마! 너 또 그럴 거냐?'라고 야단친 적이 없었습니다.

크르릉 크르릉 (엄마 미워!)

좋은 생각이 떠올랐다며
내 똥이랑 오줌 닦은 휴지를 화장실 변기 옆에 두고
"똥, 오줌 이제부터는 여기에서 싸야 돼! 알았지?"
단호한 목소리로 말합니다.
오줌이나 똥을 싸려는 자세만 취해도 가족 모두 큰소리로
'안 돼'를 외치며 손가락으로 화장실을 가리킵니다.
심지어 똥을 싸는 중에 화장실로 질질 끌려 간 적도 있습니다.
그럴 때면 매우 불쾌했고 모욕감이 들었습니다.
아빠, 엄마, 누나가 똥을 쌀 때 내가 질질 끌고 가면
아마도 목줄을 채워 그 가로등에 다시 묶어 놓을지도 모릅니다.
'안 돼'와 화장실로 끌려가는 일이 반복되다 보니
변기 옆에는 내 똥과 오줌을 닦은 휴지가 수북이 쌓여갔고
똥, 오줌이 마려워도 소리를 지를까봐 불안해서
제 자리에서 빙글빙글 돌기만 했습니다.

'여기에 싸도 소리를 지르려나?'

변기 옆, 바짝 마른 내 똥 옆에서 빙빙 돌다가 자리를 잡고 누었습니다.

"옴마야! 성공이다! 성공!"

가족들이 소리를 질러대기에 똥 쌌다고 혼나는 줄 알고

화장실 앞에서 몸을 잔뜩 웅크리고 있었습니다.

"상! 상! 사앙 줘야징, 울 애기 까까 줘야징."

숨이 막혀 켁켁 거리는데도 아랑곳없이 끌어안고

볼을 부비고 입에 뽀뽀를 하며 호들갑들을 떨더니

한 조각씩 찢어 주던 육포를 큼직한 덩어리로 줍니다.

'다른 곳에 싸면 혼나고 화장실에 싸면 까까를?'

혹시나 하는 마음에 마렵지 않은 오줌을 한 방울 싸고 나왔더니

역시 환호성들을 지르면서 까까를 줍니다.

까까 먹는 재미에 화장실을 계속 들락 달락 했더니

"야! 재미 붙였냐? 나오지도 않는 오줌을 쥐어짜고 있게."

신나게 까까를 먹은 것도 며칠,
'안 돼'에 이어 '기다렷'이 기다리고 있었습니다.
똥을 싸고 나면 똥꼬가 근질거려 꼬리와 뒷다리를 든 채
엉덩이를 바닥에 붙이고 질질 끌고 다니면 시원해집니다.
그런데 이 자세를 잡으려고만 해도 '기다렷' 합니다.
똥을 쌌는데 까까는 주지 않고 뭘 기다리라는 것인지
멀뚱히 엄마를 쳐다보고 있었더니
휴지로 똥꼬와 발을 닦아 주고 까까를 주었습니다.
'안 돼', '기다려' 할 때의 목소리는 어찌나 우렁찬지
귀가 멍하고 몸은 동그랗게 저절로 오그라듭니다.

하지만 가끔,
"애기가아앙 이랬쪄어영? 아구웅! 예으뻐어라아앙."
요상한 목소리로 말할 때도 있습니다.
아무래도 엄마 입에 무엇이 들어 있는 것 같아 내 코로
엄마 입을 콕콕 눌러 봤더니 입속엔 아무것도 없던데
'꿀꺽 삼켰나?'

여섯 번째,

공포의 목줄은 버려지고

엄마가 공원 산책하러 가자며 목줄을 꺼내면
난 벌벌 떨며 침대 밑으로 들어가 숨곤 했었습니다.
그러면 침대 밑으로 얼굴을 들이밀고
기억력이 너무 좋아도 못쓴다.
널 내다 버린 사람이 나쁘지
저 목줄이 무슨 죄가 있느냐고
연신 떠들며 슬그머니 손을 뻗어 잡으려 합니다.
놀란 내가 더 깊숙이 들어가 숨으면
엄마는 한 숨을 쉬며 혼자 나가곤 했습니다.
하지만 열쇠가 '딸깍' 잠기는 소리가 끝나기도 전에
나는 이미 현관문 앞에 앉아 있습니다.
엄마의 발자국 소리가 점점 멀어져가면
처음엔 조그맣게 흐느끼던 울음소리가
차츰 커져 입 밖으로 튀어 나옵니다.
벽을 긁으며 **오오우 오오우** (혼자 있기 싫어요.)
벽을 긁으며 **끼요오 끼요오** (엄마! 엄마! 엄마!)

"어랏! 아니, 어엉? 대체 무슨 일이…벽지가… 왜… 이렇게?"

왕왕왕 왕왕왕 (엄마! 반가워요, 반가워요.)

꼬리가 떨어져라 흔들고

깡충깡충 뛰어 오르며 다리에 매달리는데도

엄마는 입을 쩌억 벌리고 멍하니 서 있습니다.

고개를 푹 숙이며 한숨을 쉬는데

어깨가 현관 바닥에 닿으려고 합니다.

다음날부터
벽에 물을 뿌려 벽지를 뜯어내고 노란색 페인트칠을 하더니
내 덕분에 몸무게가 줄었다고 무척 좋아하면서도
같이 산책가자고 할 때 따라 나서지 않고
집에서 혼자 청승떨다가 말썽을 피웠다며
나를 원망하는 것도 결코 잊지 않았습니다.
"요 녀석! 칠까지 벗겨내진 못하겠지? 푸하핫!"

그런데 오늘,

엄마가 신발장 서랍에 넣어 둔 내 목줄을 꺼내는 것입니다.

침대 밑으로 도망가려고 뒷걸음질 치기 시작하는데

"아냐! 너에게 채우려고 하는 것이 아니야."

목줄을 신문지에 꽁꽁 싸서 한 손에 쥐고

한 손으론 나를 안고 휴지통 앞으로 갔습니다.

"네가 이걸 보면 안 좋은 기억이 떠올라 무서워하는 것 같은데

우리 여기에 버리자. 봤지? 분명히 휴지통에 버렸다."

대신 오늘 예방 접종하러 병원에 갈 때는 엄마가 안고 가고

올 때는 새 목줄을 사서 걸어오자고 했습니다.

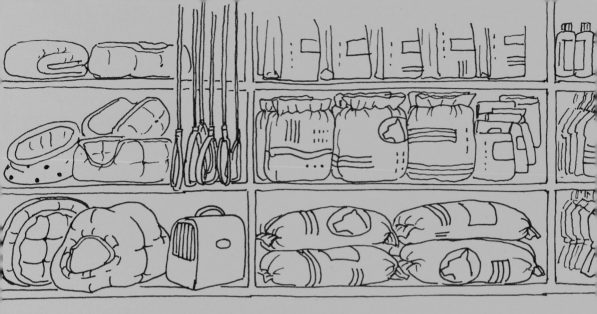

"진드기, 습진은 깨끗해졌고 예방접종만 하면 됩니다."

"애기한테 물린 곳은 어떠세요? 정말 죄송했습니다. 선생님!"

"하하! 저희야 늘 있는 일입니다."

"이 아이가 사나운 성격인가 봐요."

"아마 겁이 나서 그랬을 겁니다. 그래도 애기가

새로운 주인을 믿고 의지하는 마음이 강해 다행입니다."

엄마가 나를 힘주어 꼬옥 안아 주는데

그 따스한 행복감을 말로 표현할 수가 없었습니다.

아직은 엄마하고 떨어지면 화를 내고 발버둥을 심하게 쳐서

모든 치료를 엄마 품에서 받긴 하지만 분명한 것은

치료가 끝나면 언제나 집으로 돌아간다는 것이었습니다.

목에 따끔한 주사를 맞은 후

여러 개의 목줄을 보여주며 어떤 것이 마음에 드느냐고 묻기에

목줄은 싫다고 앞발로 찼더니

"이게 맘에 들어? 오우! 안목이 높은걸."이라며

밥그릇, 목줄 등등을 사주었는데 물통은 내 맘에 흡족했습니다.

그동안은 종이컵에 물을 담아줘서 물을 먹을 때마다

컵이 움직여 거실서 주방까지 간적도 있으니까요. 허나 목줄은…

"목줄을 네가 골랐으면서 안 하겠다고 발버둥치는 것은 뭐냐?"

끄으응 (언제요?)

"아까 엄마랑 약속했잖아, 집에 갈 땐 걸어간다고."

끄으응 (내가요?)

일곱 번째.

드디어 공원에서 뛰어 놀다

엄마가 비닐 봉투, 휴지, 물병, 목줄을 넣은 가방을 등에 메고
나를 번쩍 안고 나갑니다.
늘 다니던 동물병원 앞을 지나 여러 신호등을 건너 도착한 곳은
키 큰 나무가 많았고 잔디밭도 어마어마하게 넓었습니다.
걷는 사람, 뛰는 사람, 자전거 타는 사람,
바퀴 달린 신발을 신고 씽씽 달리는 아이들,
나와는 생김새며 덩치가 다른 강아지들도 여럿 있었습니다.

"저기 봐! 네 친구들은 잘 걷고 있지?"
열심히 뛰어 놀아야 다리가 튼튼해지고 건강해진다며
가방에서 목줄을 꺼내 은근 슬쩍 목에 채웠습니다.
순간, 온 몸이 뻣뻣해지고
항상 그 자리에 서 있었던 것처럼 움직여지질 않았습니다.
"걷자. 응! 제발 걸어 보자."
엄마는 나를 어르고 달래다 지쳤는지
내 앞에 쪼그리고 앉아 내 눈을 뚫어져라 쳐다봅니다.
나도 엄마를 뚫어져라 쳐다봤습니다.

오우 오우 울울 (엄마한테 안겨 다닐래요.)
오우 오우 울울 (목줄 풀어주심 안되나요?)

엄마는 잡고 있던 목줄을 내려놓더니

벌떡 일어나 쌩하니 저 앞으로 달려갑니다.

끼요오 끼요오 (날 두고 가면 어떻게 해요.)

엄마는 더 멀리 달아날 듯이 제자리에서 뛰며 소리칩니다.

"울지 말고 이리 오라니까."

날 버리고 갈까봐 순식간에 엄마 옆으로 달려갔습니다.

컹컹컹 컹컹컹 (엄마 미워! 미워!)

"이야! 잘 뛰는데."

쌩쌩 달리던 엄마가 천천히 걷습니다.

행여 떨어질세라 엄마 다리 옆에 찰싹 붙어

엄마가 빨리 걸으면 나도 빨리 걸었고

엄마가 천천히 걸으면 나도 천천히 걸었습니다.

"걷는 것이 아니라 붕붕 날아 다녔다니까요."
"여보! 밥 삼키고 천천히 말해 밥알이 튀잖아."
"그리고 쟤가 공원에서 돌, 나무에 오줌을 한 방울씩 싸는
이상한 행동을 해서 내가 창피해서 어휴!"
우하핫! 깔깔깔!
"당신도 밥 삼키고 웃어요. 밥알이 여기까지 날아왔어."
"나중엔 집에 안 들어오려고 요리조리 도망 다녔다니까."
"정말?"
"그 동안은 뛰어 놀고 싶어서 어떻게 참았는지 묻고 싶어."
우하핫! 깔깔깔!

이제는 목줄을 무서워하지도 않았고 오히려
공원에서 뛰어노는 재미에 푹 빠진 나는
목줄을 채우기도 전에 현관문을 박차고 나가곤 했습니다.
엄마가 소리를 지르며 쫓아오는 일이 종종 일어나자
전화번호가 적힌 목걸이를 선물로 주면서
또 다시 뛰쳐나가면 엉덩이에 불이 나도록
때려 줄 거라고 협박을 했지만 무섭지는 않았습니다.
언제나 말로만 요란하게 때리기 때문입니다.

그날도
공원 쪽을 향하여 정신없이 뛰어가고 있는데
갑자기 끼이익 소리와 함께 자동차가 내 앞에 멈추더니
낯선 아저씨가 차에서 내리며 쩌렁쩌렁 소리를 질렀습니다.
헐레벌떡 뒤쫓아 온 엄마까지 큰소리로 야단맞았습니다.
한동안 나를 안고 바들바들 떨고만 있던 엄마가
"이 녀석! 이 녀석! 찻길로 또 뛰어 들래?"라며
이쪽에 있던 엉덩이가 저쪽으로
저쪽에 있던 엉덩이가 이쪽으로
휘어지도록 철썩철썩 때렸습니다.
그 일이 있은 뒤부터는 엄마가 목줄을 꼭 잡고
'가자' 할 때까지 발을 동동 구르며 기다립니다.

오우 오우 올올올 (나 이제는 착하죠?)

여덟 번째,

눈사람, 눈 강아지

창 밖에 하얀 것이 너풀너풀 춤을 추고 있습니다.

나무 위에도 땅에도 온 천지에 하얀 것들이 가득합니다.

왈왈왈왈 와르르 왈왈 (이것들은 뭐야?)

왕왕왕 왕왕왕 왕왕왕 (엄마! 누나! 빨리 일어나 봐요.)

"넌 새벽부터 왜 짖고…우와! 눈이다. 첫눈"

"첫눈이 펄펄 내린다. 빨리 나가자."

하늘에서 쏟아져 내리는 것들을 잡으려
앞발을 휘저어 봤는데 잡히지 않았습니다.
'아앙' 입을 크게 벌려 잡으려 했더니 콧등만 차가워지며
어디론가 사라져버리고 발바닥은 매우 차가웠습니다.
'앗! 저기들 모여 있구나.'
하얗게 모여 앉아 있는 데로 달려가니
푹신푹신한 것이 춤들도 안 추고 가만히 있습니다.
난 신이 나서 그 위에 뒹굴어 보기도 하고
하얀 것 들을 잡으려 깡총깡총 뛰어 다녔습니다.
우리 셋은 발자국을 만든다며 나란히 걸어갔다가
우리 발자국을 피해 옆으로 되돌아오기도 했습니다.
뽀드득 뽀드득

"애기는 처음 봤지? 눈 내리는거"

오오우 오오우 컹컹 (너희를 눈이라고 하는구나.)

오오우 오오우 컹컹 (안녕! 차가운 친구들아!)

누나가 눈을 손으로 조물락 조물락 하더니

조그만 공을 만들었습니다.

그 공을 데굴데굴 굴리니 커다란 공으로 변해갑니다.

나도 옆에서 거들었습니다. 그것도 아주 신이 나서…

"우와! 눈 강아지다. 애기야! 너랑 닮았지?"

칫! 닮기는
귀모양도 이상하고 다리는 너무 굵고
꼬리는 엄마 새끼손가락 만합니다.
누가 내 꼬리를 잘라내지 않고서야 저렇게 작을 수가 없습니다.
그리고 눈, 코, 입도 그렇습니다.
못생긴 작은 돌멩이를 붙여서 흉측하게 생겼습니다.
하지만 누나는 뭐가 그리도 재미있고 신이 났는지
까르르, 깔깔거리며 나를 안고 빙빙 돌려주기까지 합니다.
'내가 저렇게 못생겼나?'

눈사람 한 개,
눈사람 두 개,
눈사람 세 개,
이상하게 생긴 눈 강아지까지 네 개.

나뭇가지를 주워 눈사람에게 붙이고 있는데
바깥현관까지 내려온 아빠가 소리칩니다.
"밥 줘! 출근 시간 늦었어."
엄마가 "이크"
누나도 "이크"
셋이 동시에 집을 향해 뛰어 갔습니다.
신나게 노느라 아빠를 까맣게 잊고 있었던 것입니다.

웡웡웡 컹컹컹 (아빠아! 눈이래요.)

아홉 번째.

'너야 너'라는 녀석

방 안 귀퉁이에 있는 길게 생긴 거울을 지나칠 때 일입니다.

난 소스라치게 놀라 그 자리에서 펄쩍 뛰어 올랐습니다.

털이 부스스하고 냄새도 없는 녀석이 소리 없이 서 있는 것입니다.

크르릉 컹 크르릉 컹 (넌 누구냐? 누구 허락받고 들어왔어?)

거울속의 녀석도 내게 덤빕니다.

크르릉 컹 크르릉 컹 (감히 나한테 덤빈단 말이지.)

분한 마음에 거울 뒤로 쫓아갔더니 순식간에 사라졌다가

거울 앞으로 되돌아오면 다시 나타나 약을 올리는 겁니다.

그 녀석을 향해 있는 힘을 다해 돌진했습니다.

깨갱 깨갱 (아이쿠! 머리 아파.)

다시 입을 크게 벌리고 전속력으로 돌진하여 '콱' 물었습니다.

깨갱 깨갱 (아야! 아야! 내 이빨.)

약이 올라 씨근덕거리며 맹렬한 기세로 덤벼들고 있는데
시끄럽다고 쫓아 온 엄마는
내가 짖는 소리보다 더 큰소리로 웃기 시작했습니다.
"우하핫! 우하하핫! 너 엄마를 웃겨 죽이려고 이러는 거지?"
나를 안고 손가락으로 거울을 톡톡 치며
"잘 봐, 너야 너! 엄마하고 너지?"
크르릉 컹컹 크르릉 컹컹 (네 이름이 '너야 너'구나.)
크르릉 컹컹 크르릉 컹컹 (우리 엄마한테 안겨 있지 마.)

'너야 너'를 안고 있는 엄마 모습을 보니
질투심에 온몸이 불타는 듯 뜨거워졌습니다.
엄마 다리에 오줌을 찌익!
크르릉 크르릉 (우리 엄마야.)
거울에도 오줌을 찌익!
크르릉 크르릉 (거울도 내 구역이니 얼씬도 하지 마.)

'너야 너'가 우리집으로 들어오는 것을 본 적도 없건만
우리와 함께 살고 있으니 참 이상한 일입니다
무엇보다 가족들의 관심과 사랑을 '너야 너'에게 뺏길까 봐
불안해하며 지내고 있었는데
다행히 가족 모두 '너야 너'에게는 무관심했습니다.
아직도 '너야 너'와 마주칠 때면
콧잔등에 주름을 잡은 채, 날카로운 이빨이 드러나도록
입꼬리를 말아 올리고 '크르릉'거리며 싸우고 있습니다.

열 번째.

물파스 놀이

공놀이는 얼마나 재미있는지 모릅니다.
아빠가 공을 던지면
난 달려가 공을 물어 아빠 손바닥에 올려놓으면 되는데
헉헉거리며 뛰어다녀도 멀리 던질수록 재미있습니다.
또 머리나 목으로 비비면서 굴러가게 하고
발로 탁탁 차서 데굴데굴 굴리며 다니기도 합니다.
"우와! 현란한 몸놀림, 축구선수 탄생했다."
"월드컵에 내보내야 되겠다."
가족들이 박수를 치며 잘한다고 칭찬들을 하면
더욱 우쭐해져서
'으르릉, 으르릉'거리며 공을 이리저리 몰고 다닙니다.

공놀이도 재미있지만
휴지, 신발 물어뜯기도
시간 가는 줄 모르게 재미있습니다.
그런데 엄마는 물파스놀이를 하기로 했는지
콧노래까지 부르며 현관에 놓여 있던 신발과
신발장에 있던 것까지 모두 꺼내 신나게 물파스를 바릅니다.
냄새가 거실까지 퍼져 코가 맹맹합니다.
'뭐지? 재미있나?'
궁금해진 나는 신발을 한 입 덥석 깨물어 봤습니다.
켁 켁 켁 켁
독한 냄새가 코를 찌르고 눈이 따끔거려 눈을 뜰 수가 없습니다.

혀는 얼얼해서 입을 다물 수가 없었구요.

벌어진 입에선 침이 줄줄 흐르고 재채기가 계속 나옵니다.

"우하하핫! 맛이 어떠냐? 짜샤!"

눈물, 콧물, 침까지 흘리며 괴로워하고 있는

나를 보고 좋아서 어쩔 줄 모릅니다.

"우하하핫! 이제는 못 물어뜯겠지. 우하핫!"

물파스를 내 코에 바짝 들이대며 낮고 음흉한 목소리로

"코에도 발라 줄까?"

난 진저리치며 줄행랑쳤습니다.

엄마의 고약한 짓거리를 생각하며

한숨을 푹푹 내쉬고 있는데

누나가 애견용품점에 데리고 가서

뼈다귀 모양의 껌과

입으로 깨물면 뽀옹 뽀옹 소리가 나는 공을 선물로 사주었습니다.

"애기야! 신발 대신 이것 갖고 놀아."

왕왕왕 왕왕왕 (누나가 최고야!)

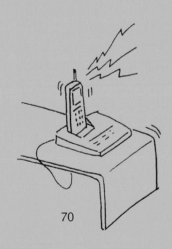

난 천재야

처음부터 그렇게까지 칭찬받을 줄 알고 그랬던 것은 아닙니다.
엄마는 전화가 울려도 못 들을 때가 많습니다.
특히 청소를 할 때는 더욱
따르릉 따르릉 따르릉
멈추었다 다시
따르릉 따르릉 따르릉
시끄럽게 울리는데도 청소기만 윙글윙글 돌리고 있습니다.

계속 듣다 보니 은근 신경이 쓰이고 어찌나 답답하던지
목을 뒤로 젖히고 천장을 쳐다보며
오우요오오 오우요오오 (전화가 울어요. 전화가 운다니까요.)
따라 오라고 앞발로 엄마 다리를 퍽퍽 치고
전화기 앞으로 달려가 깡충깡충 뛰었습니다.
"요 녀석이 엄마를 야물딱지게 때리네."라며
쫓아 온 엄마에게 전화기를 발로 차며 받으라고 말했습니다.
왈왈왈 왈왈왈 (아까부터 울고 있어요.)

"어쩜! 어쩜! 내가 천재를 키우고 있었구나. 천재를"
나를 안아 얼굴에 비비는데 온 몸을 부들부들 떨기까지 합니다.
그리고 내 눈앞엔 푸짐한 닭고기 한 그릇
왕왕왕 왕왕왕 (고기는 맛있어, 맛있어.)

71

낮부터 떨던 엄마의 호들갑은 저녁에는 더욱 심해져서
아빠와 누나는 신발을 벗을 새도 없이
엄마에게 현관서부터 끌려 들어와야 했습니다.
"애기가 이러고 와랑 와랑… 저러고 와랑 와랑… 그랬다니까."
"엄마! 쟤 꿀 먹은 애처럼 앉아 있는데요."
"애기가 변기에 똥 싸고 물 내렸다고 할 사람일세."

이번이 마지막이라며
아빠는 조그맣고 네모 납작한 전화기를 누릅니다.
거실에 있는 전화기가 요란하게 떠드는데
방안의 가족은 오로지 내 얼굴만 쳐다보고 있습니다.
'오늘따라 귀들이 어떻게 됐나? 이상한 일이네.'
계속 울려대는 소리에 더는 참지 못하고 거실로 뛰쳐나가
전화기 앞에서 깡충거리며

와르릉 왈 왕왕왕 (왜들 전화 안 받아요. 왜?)
"우와와! 정말이다 정말이야!"
"이야! 신기한 일이네."
"그것 봐, 내 말이 맞지? 그치?"

73

가족들의 요란한 환대에 어리둥절해 있는데
아빠가 닭고기를 듬뿍 갖고 오셨습니다.
끼웅 끼웅 끼웅 (닭고기는 질렸어요. 다른 것이라면 먹을 생각이 있어요.)
낮에 많이 먹어서 싫다고 밥그릇을 발로 티익 찼더니
"천재라 이거지? 하하하"
"기고만장해진 것 같은데? 깔깔깔"
말로는 놀렸어도 소시지, 육포, 비스킷 등을 잔뜩 줍니다.
울울울 울울울 (아이 맛있어라!)

전화 덕분에 칭찬받은 것을 생각하면 자랑스럽지만
내 몸이 공중으로 날아오를 만큼 깜짝 놀랄 때도 있습니다.
따르릉 따르릉 삐이익
'지금은 외출 중이오니 메시지를 남겨주시면 연락드리겠습니다.'
"애기야! 엄마가 금세 갈게 울지 말고 기다려."
"애기야! 엄마가 핸드폰을 안 받아 집에 계시면 전화 받으시라고 해줄래?"
어떻게 큰 몸들을 꼬깃꼬깃 접어 작은 전화기 안으로 들어갔는지
지금까지도 알 수 없는 아주 놀랍고 신기한 일입니다.
혼자 집을 볼 때
엄마 표현으로는 말썽이고 내게는 재미있는 놀이를 하려다가도
전화기 눈치를 보게 됩니다.
끼이잉 끼이잉 (장난치지 말고 얼른 나오세요.)

홀로서기

예방주사를 맞으러 병원에 갔더니
사람 손바닥 위에 올려 질 정도로 작은 아기 푸들이
의자에서 떨어지며 다친 다리를 치료받고 있었습니다.
그때부터 엄마 아빠는 잠결에 날 깔아뭉개 다칠까 봐
같이 자는것을 걱정들을 하곤 했습니다.
포근한 엄마의 겨드랑이에 얼굴을 묻고 잠을 자던 나는
그런 소리를 들을 때마다 가슴이 철렁해지는
정체모를 불안감에 휩싸여 잠이 들곤 했었습니다.
며칠 뒤, 막연했던 불안이 현실로 닥쳐
처음 우리집에 왔던 날부터 깔고 잤던 담요와 함께
거실로 쫓겨나고 말았습니다.
밤이면 엄마의 따뜻한 체온을 그리워하며
방문 앞에 앉아 울며 긁어댔지만
닫힌 방문은 열리지 않았고
누나의 방에서도 쫓겨나긴 마찬가지였습니다.

이때,

나와 가족들은 서로가 힘든 나날들을 보냈습니다.

난 굳게 닫힌 방문 때문에 고통스러워했고

가족들은 밤이면 낑낑 울어대는 나로 인해

마음 아파하며 지내야 했습니다.

엄마 품에서 쫓아낸 가족들에 대한 미움으로

아빠 구두 속에 오줌을 싸는 행동에 당황들을 했으며

담요 위에서 잠자기를 거부하고

거실에서 신는 엄마의 슬리퍼 위에서 쪼그리고 자는

내 고집에 가족들은 땅이 꺼져라 한숨을 쉬기도 했습니다.

베란다 빨래 건조대에서

엄마 옷만 골라 배 밑에 깔고 있는데

누나가 위로랍시고 따뜻한 담요 위에 누우랍니다.

심사가 뒤틀려 있던 나는 만만한 누나에게

목을 곤두세우고 으르렁거리곤 하였습니다.

"혼자 자는 습관이 들면 침대 밑으로 옮겨줄게."

가족들이 어떤 말을 하던

가슴속에서 꾸역꾸역 밀려 올라오는 노여움에

예전처럼 반갑다고 뛰어오르지도 않았고

담요 위에 누워 눈동자만 데구르르 굴려 올려 봤습니다.

79

엄마가 내 곁에 앉아 말을 걸고 머리라도 쓰다듬을라치면
마음속에선 보듬어 안아 주길 간절히 원하면서도
고개를 반대편으로 홱 홱 돌려 나름대로 서운함을 표현했습니다.
낮이면 꼬옥 끌어안고 눈을 맞추면서
"네가 다칠까 봐 이러는 거야 우리는 널 사랑해!"라고
끊임없이 말해준 엄마 때문이기도 하지만
이상하게도 그런 날들이 반복되다 보니
노여움과 서러움으로 얼크러졌던 마음이 서서히 풀렸고
혼자 자는 것에 익숙해져
방문 앞에서 우는 횟수가 점점 줄어들었습니다.
약속대로 요즘은
엄마가 자는 쪽 침대 밑으로 담요를 옮겨주긴 했습니다.
잘 시간이면 혹시나 하는 마음에
침대 모서리에 매달려 올려다보면 가차 없이
'안 돼'하며 손가락으로 담요를 가리킵니다.
'치이'하며 발을 내려놓으면서도 행여나 가끔 매달려 봅니다.

약물 과다 복용

뱃속에 있던 창자가 입 밖으로 튀어나올 것 같은 느낌입니다.

입에선 거품이 보글보글 나오고 속이 울렁거려 계속 토했습니다.

졸린 듯 눈이 감기며 주변 소리가 멀리서 들리는 것처럼 흐릿해졌습니다.

"여보! 애기가 이상해! 엉엉… 빨리 병원으로 가라고?"

'엄마 왜 울어요?'라고 묻고 싶은데

소리가 입 밖으로 나오지 않아 속으로만 생각했습니다.

한숨 푹 자고 일어난 느낌인데 귀에 익은 아빠 목소리가 들려 왔습니다.

'엉! 아빠다.'

벌떡 일어나려 했으나 머리를 들 기운이 없어

진찰대 위에 누워 꼬리만 힘없이 흔들었습니다.

"애기가 정신이 들었네요. 주인 목소리 듣고 꼬리 치는걸 보니."

일어서려고 꼼틀꼼틀거리니 아빠가 붙들어 줍니다.

"위세척해서 괜찮겠지만 강아지 체중의 열 배 넘는 사람 약을 다섯 봉지나

먹었으니 큰일 치를뻔 했습니다. 사람이 조심해야지요."

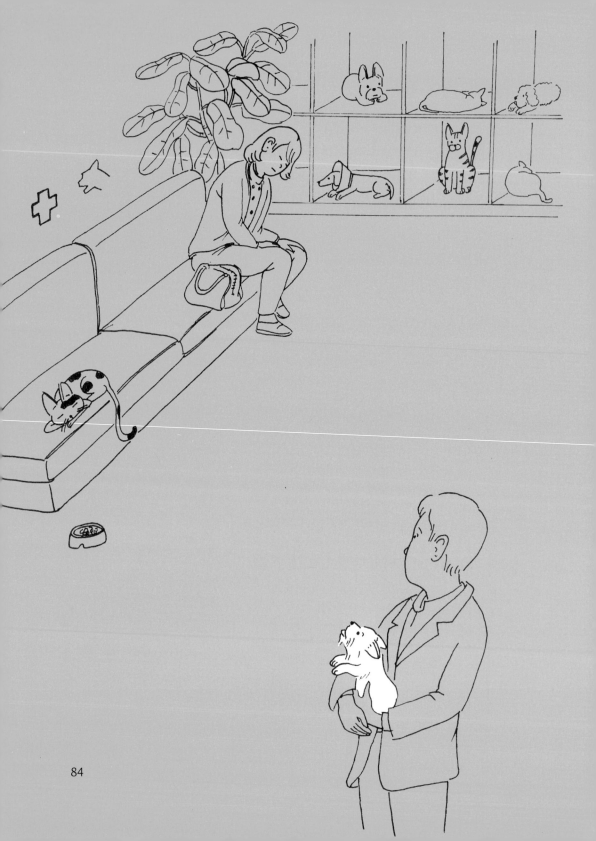

아빠 품에 안겨 엄마를 두리번거리며 찾았는데
구석 의자에 고개를 푹 숙이고 앉아 있었습니다.
"어여 집으로 가자구."
"…."
"가자니까."
"…."
아빠는 화난 듯이 말합니다.
부시시 일어난 엄마는 집에 오는 내내
우리 뒤를 말없이 졸졸 따라오기만 했습니다.

집에 도착해서도
엄마는 여전히 고개를 푹 숙이고 앉아 있었습니다.
"당신이 조심해야지 애가 뭘 알아?"
"…."
"엄마는 면봉 같은 것도 바닥에 두어서
애기가 몇 번을 씹어 먹었어요."
"…."
"애가 잘못되기라도 했으면 당신 어떻게 할 거야?"
"…."

힘없이 누워있는데
아빠가 엄마한테 큰소리로 야단친 것도 그렇지만
무엇보다 어깨를 축 늘어트린 엄마의 모습에
마음이 편치 않습니다.
엄마가 다시 수다스럽고 환하게 웃을 수 있게
내가 가장 아끼는 인형을 주기로 했습니다.
후들후들 떨리는 다리로 겨우 일어나
인형을 입에 물고 엄마를 찾아 다녔습니다.
엄마는 싱크대 앞에서
무릎에 얼굴을 파묻고 훌쩍거리며 울고 있습니다.
앞발로 엄마의 손을 긁어내려
손바닥에 인형을 얹어 주었습니다.
"어~엉! 너 괜찮아? 걸을 수 있어?"
눈물로 범벅이 된 얼굴이 활짝 웃습니다.
끼잉 끼잉 낑낑 (엄마 울지 마!)
난 엄마의 얼굴을 정성껏 핥아 줍니다.
"애기야! 엄마가 많이많이 미안해."

"그래도 엄마라고 아픈 녀석이 위로하는 거야?"
화가 가라앉은 보드라운 아빠 목소리에
엄마는 울음을 와락 터트렸습니다.
"감기약 먹고 졸려서 잠깐 자는 사이에 그런 것을… 엉엉엉"
"하하하! 알았어. 하하하! 그만 울어."

"이노옴! 아무거나 주워 먹을 거야?"
엄마를 기껏 환하게 웃게 했더니
아빠가 다시 울려 놓고는 오히려 나를 야단쳤습니다.
"감기약을 원 없이 먹어서 평생 감기 안 걸리겠다. 이노옴!"
"탈수되면 안 된대, 설탕물 먹어."
엄마가 간청하니까 마지못해 먹어 준다는 듯
머리만 살짝 들어 올려 먹고서는 옆으로 픽 쓰러져
안 들리는 척, 안 보이는 척,
발가락 하나도 꼼지락거리지 않고 죽은 듯이 누워있었습니다.
가끔, 귀만 쫑긋거려
아빠, 엄마, 누나가 무슨 말을 하나 듣기만 했지요.
"휴우! 앞으론 내가 조심할게요."

이름

"아가"
엄마가 부르기에 쪼르르 달려갔습니다.
"너 말고 누나"
"아가"
누나가 "네"하고 대답합니다.
"아니 너 말고 꼬맹이"
'아가', '꼬맹아', '애기야' 라고 부르면
누나와 난 동시에 대답하기도 하고 달려가기도 합니다.
"어휴! 이름을 부르세요."
"그러게 이름을 빨리 지어줘야 되겠다.
우리집으로 온 지도 꽤 됐는데."

병원 의사선생님이 내 이름을 물었을 때에도
"이름이요? 그냥 애기라고 불렀는데…"
애견 수첩에 '애기'라고 썼습니다.
공원 산책할 때나 길거리를 지나다닐 때도 사람들이
내가 예쁘게 생겼다며
"강아지 이름이 뭐예요?"라고 물으면
"우웅 우우웅 그게 그러니까 그냥 애기라고 불러요."
대답하는 아빠, 엄마, 누나의 얼굴은 당황하여 빨개지고
듣는 사람들은 배시시 웃곤 했습니다.

이름을 신중하게 지어야 한다고
세 식구가 아옹다옹 떠드는데 매일 저녁마다 신중합니다.
신중을 빨리 끝내야 집안이 조용할 것인데
누나는 내가 호빵을 좋아하니 '앙꼬', 코가 새까맣다고 '초코'
귀여우니 '귀염이', 눈이 초롱초롱해서 '초롱이'
엄마는 사고뭉치니까 '뭉치'
어느 날 밤에 갑자기 들어왔으니 '업둥이'
아빠는 '장군'이라고 짓자고 했지만
내가 천하에 둘도 없는 깍쟁이고 콩알만 해서
결코 장군감은 아니라고 엄마는 깔깔거리며 웃었습니다.
누나가 좋다고 하면 엄마가 싫고
엄마, 누나가 좋다고 하면 아빠가 싫다고 시끌벅적합니다.

꽃이 피고지고 눈이 내리고
내 나이는 한 살씩 더 늘어나고 있는데
"애기야! 산책가자."
"애기야! 이리 와, 밥 먹자."
여전히 애기라 불리고 있습니다. 그 신중함 때문에….

열다섯 번째.

우산님! 용서해주세요.

우리집 베란다 창문에서는 커다란 나무 꼭대기가 가까이 보입니다.

그 나무에 어느 날부터 새 두 마리가

가느다란 나뭇가지를 입에 물고 와, 차곡차곡 쌓아 집을 만들기 시작했습니다.

큰소리를 내면 새들이 놀라 날아간다고

엄마에게 몇 번 주의를 받았기에 조용히 지켜봐야 합니다.

지나가는 사람들을 구경만 해도 재미있어 시간 가는 줄 모릅니다.

그날도 창문 밖을 구경하고 있는데

"애기야! 거기서 비켜 우산 말려야 돼."

오우울울 울울울 (잠시만 기다려 주세요. 한참 재미있단 말예요.)

"말대답하지 말고 빨리 들어와,

햇볕 있을 때 말려야 된단 말이야."

재촉하는 소리에 화분 사이를 빠져 나오는 중이었습니다.

파아앙!
순식간에 정말 눈을 깜빡하지도 않았는데
길고 홀쭉했던 그것이 수십 배로 커진 것입니다.
깨갱 깨갱 깨갱 깨갱 (살려주세요, 살려주세요.)
엄마는 온 몸을 덜덜 떨며 우는 나에게
"어랏! 너 왜 그래? 갑자기 왜 그래?"
또 하나가 파아앙!
깨갱 깨갱 깨앵깽 (제발 살려줘.)
비명을 지르며 바닥에 납작 붙어 버렸습니다.

발이며 하다못해 온몸의 털까지 바닥에 들러붙어 버렸는지
꼼짝할 수가 없었습니다.
움직였던 적도 없고 살아 숨 쉬는 것도 아니었고
현관에 말없이 서 있기만 했던 것이 어떻게
거대하게 변하는 것인지 알 수 없는 일이었습니다.
그렇게 무서운 것인지도 모르고 몸을 작게 오그리고 있을 때
감히 발로 데굴데굴 굴리며 놀았던 생각을 하면
이번엔 내 몸이 저절로 오그라드는 것 같습니다.
"너 우산이 무서워 오줌까지 싼 거야?"

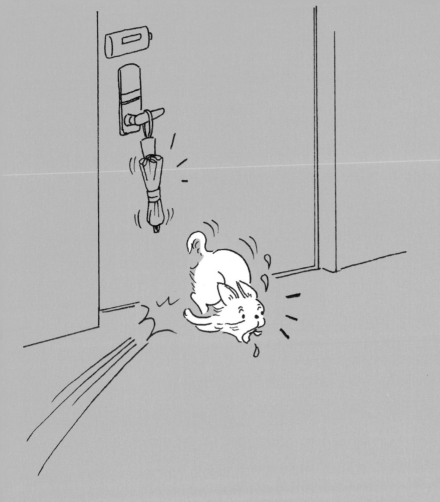

딩동 딩동

와르르 컹컹컹 (누구야? 대답하라니까.)

현관으로 달려가던 나는

발에서 찌익 소리가 들릴 정도로 다급하게 멈추려 했지만

현관문에 네 개의 발이 사방으로 흔들릴 만큼 쾅 부딪쳤습니다.

깨갱 깨갱 깨갱 (죄송합니다, 여기 계신 줄 몰랐습니다.)

문 손잡이에 대롱대롱 매달려 있는 우산에게

발라당 누워 배를 보이며 용서를 구했습니다.

그 뒤로도 몇 번, 우산을 잊고 현관까지 뛰어나갔다가

깨갱 깨갱 깨갱 (우산님! 시끄럽게 짖어서 죄송해요.)

조용히 거실로 들어와

반가운 손님이면 깡충깡충 뛰어오르며 인사하지만

낯선 사람이면 소파 뒤에 숨어 우산이 듣지 못하게

조그만 목소리로 '으르렁'거리며 경계근무에 들어갑니다.

100

엄마는 내가 밤이면 창문 밖에 휘영청 뜬 달을 보고도 짖고
파리, 모기를 봐도 짖고 먼지만 봐도 짖는
본능에 충실한 강아지라고 했습니다.
나의 횡포로 이웃에게 줄 피해를 생각하면 마음이 조마조마해서
마당이 있는 집으로 이사하려는 생각까지 했었답니다.
"오호호호! 요런 좋은 방법이 있는 줄 몰랐네. 오호호호!"
우산 덕분에 우리집이 적막강산으로 변했다고
얼굴에서 웃음이 떠나질 않고 있습니다.
이제 우산은 현관문에만 있는 것이 아니라
호박, 가지를 썰어 말리는 소쿠리 양옆으로 앉아 있을 때도 있고
사과상자 위에 거대한 몸집으로 앉아 있기도 합니다.
사과를 한 입 아삭아삭 깨물어 먹으면 달달하고 시원한데
우산 때문에 가까이 가진 못하고
멀리서, 아주 멀리서 침만 흘리며 쳐다봤습니다.

열여섯 번째.

목욕

"노킹 온 헤븐스 도어에서 주인공이 데낄라 마시며
손가락으로 소금 찍어 먹는 장면이…"
"난 주인공이 해변에서 죽음을 맞이하는 라스트 신이 가장 기억에 남던데."
엄마의 무릎 위에서 자고 있던 나는 후다다닥 침대 밑으로 도망갔습니다.
"쟤 갑자기 왜 도망가냐?"
"글쎄요 혹시 목욕시키려는 줄로 알고?"
"우하하하! 내가 못살아."
엄마는 매일 못 산다고 하지만 아직 살아 있습니다.
"하여간에 눈치가 백단이야, 백단! 중국어로 목욕이 뭔지 알아봐라."
"우리가 수화를 배우는 것은 어때요?"

"맘을 보면 런어웨이하니까 유가 베이비 캐치해서 베쓰룸으로 데려와."

"예스 맘"

"맘이 이어케어 가져오는 동안 런어웨이 못하게 베이비 캐치하고 있어."

"오케이"

"애니멀 호스피텔은 세 시쯤 가자."

"예스 맘"

두 사람이 알아들을 수 없는 말로 소곤거리면

귓속 털을 뽑히거나 병원으로 끌려가고

아니면 목욕, 양치질을 해야 합니다

그럴 때면 나의 피난처 침대 밑으로 도망을 갑니다.

그렇다고 내가 목욕을 하지 않는 더러운 애는 아닙니다.

공원에서 뛰어놀고 온 날은

발에 묻은 흙, 털에 엉겨 붙은 낙엽과 가시덤불 때문에

현관에서 목욕탕으로 바로 들어가 씻겨 줄때까지 기다립니다.

정말입니다. 스스로 들어가 기다렸습니다.

그런 내가 침대 밑으로 도망치는 것은

산책도 하지 않았고 공원에서 뛰어놀고 온 것도 아닌데

목욕을 하려니 억울해서 그런 것입니다.

"소시지 정말 맛있다. 그치?"

"애기야 얼른 목욕하고 소시지 먹자. 우리 애기 착하지?"

"엄마가 다 먹어버린다. 후회하지 말고 얼른 나와"

나 들으라는 듯이 쩝쩝 짭짭 요란스럽게 먹고들 있습니다.

먹는 소리와 냄새 때문에

내 눈앞엔 소시지가 둥둥 떠다니고

발밑으로 침이 뚝뚝 떨어지지만 꾹 참습니다.

마음 약해져서 나가게 되면 목욕탕으로 끌려가기 때문입니다

으릉 으릉 으르르르 (약 올리지 말아요.)

잠시 조용하더니 침대 밑으로 우산 쥔 손이 쑥 들어오며

"엄마랑 목욕하기 싫으면 우산하고 할래?"

끼요요 깨갱 깨갱 (엄마랑 할게요.)

이빨 닦게 입을 크게 벌리라고 하면 입을 꼭 다물고
발 달라고 하면 욕실 바닥에 털퍼덕 주저앉는 나에게
엄마는 뒤끝 있는 녀석이라고 투덜대고
난 엄마와 우산의 비열함에 치를 떨며
목욕이 끝날때까지 말대꾸를 했습니다.
그리하기 싫었던 목욕이지만 끝난 후엔 기분이 상쾌해져서
수건에 온몸을 문지르기도 하고
소파 위, 침대 위를 가리지 않고 붕붕 날아다니다가
온 집안을 다다닥 다다닥 뛰어다닙니다.
"어이그….
저렇게 좋으면서 꼭 반항을 해요.
너 사춘기냐?"

열일곱 번째.

눈에는 눈! 이에는 이!

아빠, 엄마는 이미 외출 중이었고
누나와 나도 외출 준비를 하고 있을 때
사촌누나가 놀러 왔습니다.
셋이서 재미나게 놀것이라 생각했는데
누나 둘이서만 시시덕거리며 놀고
난 외톨이가 되었습니다.
누나들 앞에서
관심을 끌어 보려고 계속 알짱거려도
발로 쓱 밀어 버리고 이야기하느라
내 존재는 잊은 듯했습니다.
왕왕왕 왕왕왕 (나도 있다니까.)
왕왕왕 왕왕왕 (같이 놀자고.)
같이 놀아 주는 것이 아니라 시끄럽다고
아예 누나 방에서 쫓겨났습니다.

누나는 대학교 다닐 때는 늘 바쁘더니 대학원에 들어가서는
종종 애견카페에 데리고 가서
새로운 친구도 만나게 해주고 맛있는 것도 사주곤 했습니다.
오늘도 애견카페에 가려고 아침부터 목욕하고
파란색 리본으로 머리도 예쁘게 단장했는데
사촌누나 때문에 못 간 것도 속상했고
또 날 따돌리고 자기들끼리만 노는 것은 더 속상했습니다.
뭐 그래서 사촌누나의 신발을 물어뜯어 망가트렸지요.
화가 난 누나들은 날 벽에 기대어 두 발로만 서 있게 했습니다.
사촌누나는 내 앞에 엎드려서
"짜아식! 내 신발 왜 물어뜯었어?"
눈을 희번덕거리며 씩씩대고 있는 나에게
손가락으로 배를 콕콕 찌르며 약을 올렸습니다.
그랬어도 그럴 마음은 전혀 없었는데 그만,
부지런한 내 입이 사촌누나의 입과 코를 물어버렸습니다.

누나들은 전화로 엄마에게 고자질을 했습니다.

헐레벌떡 뛰어들어온 엄마는

'어이쿠' 하며 바닥에 주저앉아버립니다.

사촌누나 얼굴을

'이걸 어째', '저걸 어째' 라며 요리조리 살펴보던 엄마는

전화를 하며 허리를 열심히 접었다, 폈다 하고 있습니다.

"언니! 미안해. 엉? 응 흉터가 남을 것 같아."

전화기를 내려놓고는 찬물을 벌컥벌컥 마셨습니다.

"어떻게 된 일이냐?"

누나들은 내가 신발을 물어뜯어 벌세운 것만 얘기했습니다.

"아무 이유 없이 갑자기 애기가 물었단 말이지?"

"그게 아니고 애기한테…"

"너희들도 벌서고 있을 때 누가 약 올리면 좋으냐?

저 아이도 자존심이 있는데."

사촌누나를 좋아하는 내가 왜 물었는지 이상했다고 했습니다.

행여 야단맞는 것은 아닐까 벌벌 떨며
소파 옆에 숨어있던 나는
누나들의 혼나는 모습에 기세 좋게 앞으로 뛰쳐나가
오우 오우 울울울 (약을 올렸다니까요.)
"넌 뭘 잘했다고 올올 거려."
이번엔 내가 죄책감에 시달리고 있어야 하는데
반성을 안 하는 뻔뻔한 녀석이라고 야단쳤습니다.
"너도 이리 와봐."
내 몸을 끌어다 엄마 무릎 사이에 바짝 조이며
"넌 상습범이야 상습범! 오늘은 죗값을 치르자."
말이 끝나기가 무섭게 내 입과 코를 물어버렸습니다.
깨갱 깨갱 깨갱 (너무너무 아파요.)

"너도 물려보니 아프지? 많이 아프지?"
사람 귀를 물면 내 귀를
사람 발을 물면 내 발을
사람 입을 물면 내 입을
똑같이 물어 줄 것이라고 으름장을 놓으며,
개만 사람 물라는 법이 있느냐
사람도 개를 물수 있다고 했습니다.
끼깅 끼깅 끼이잉 (다시는 물지 않을게요. 징징)

열여덟 번째.

애벌레로 변신하다

거꾸로 엎어놓은 플라스틱 통 위에서 몇 시간째 서 있습니다.
이제는
다리에 힘이 없고, 물도 먹고 싶고, 지루해서 계속 하품만 나옵니다.
삭둑 삭둑
"어라! 이쪽이 더 기네."
삭둑 삭둑
"어라! 이번엔 이쪽이."
집안은 내 털로 난장판이 된 지 오래됐고
엄마의 온몸은 땀과 내 털로 범벅인데도 가위질은 멈추질 않습니다.

'깨갱'
엉덩이에 뜨거운 것이 지나간 것처럼 화끈거려
날카롭게 비명을 질렀습니다.
이번엔 가위를 집어 던지며 엄마가 비명을 질러댑니다.
"우와악 피! 피! 난 몰라."
"뭐예요? 자신 있다고 그랬잖아요?"
나에게 인내심이 없었다면 엄마를 물었을 것입니다.
여기저기 따갑고 쓰라린 곳을 혀로 핥아 보지만
피 나고 욱신거리는 것은 여전합니다.

한여름이 되니 집안이 불덩어리로 변해
현관 타일 바닥, 아님 화장실 타일 바닥에
몸을 식혀 보지만 덥기는 매한가지입니다.
내가 너무 헐떡이니 에어컨을 틀자고 누나가 말했더니
여름에 더운 것은 당연하다며
대신 내 털을 시원하게 잘라 주겠다고 했습니다.
바닥까지 찰랑찰랑 닿는 빛나는 금색의 털을
가위로 뭉턱뭉턱 자르더니 이 지경까지 된 것입니다.

122

저녁에 집으로 들어서던 아빠가
"아니 애 꼴이 왜 이래?"
"엄마가 미용비 아끼려다 사고 쳤어요."
애견 미용실로 데려갔으면 예쁘게 다듬어 줬을 것인데
털을 쥐가 파먹은 것처럼 잘라 놓아
좋은 인물을 다 버려 놨다고 엄마에게 눈을 흘겼습니다.

나를 안고 쓰다듬어 주던 아빠가 상처를 발견하곤
"당신도 이리와! 애기처럼 머리카락 잘라 줄게."
머리를 감싸 쥔 엄마는
요리조리 도망을 다니며 소리 지릅니다.
"애기야! 아빠 좀 말려 줘."
와릉 와릉 와르릉 (우리 엄마 괴롭히지 마시죠.)
아빠의 발뒤꿈치를 잘근 잘근 물으며 쫓아다녔습니다.
"하핫! 그래도 엄마라고 편드는 것 좀 봐."
다른 때에는 침대 밑으로 잘만 도망가더니
엄마가 이렇게 할 동안 가만히 있었느냐고 껄껄 웃었습니다.

다음날, 애견미용실에서는

손질 할 수 있는 털이 남아 있지 않아 박박 밀었습니다.

애벌레에 팔, 다리, 꼬리가 달린 모습으로 변한

내 모습에 누나는 매우 당황해하였습니다.

난 무언가 허전하기도 하고 수치스러워

이틀 동안 구석에서 꼼짝도 안하고 있었습니다.

그래도 엄마는 미안한 마음이 조금은 있었던지

입을 굳게 다물고 있는 내게 거듭 사과를 하고 있습니다.

"어우 야아! 엄마가 미안하다고 했잖아 화 풀고 나와."

오늘은 무엇을 들고 와서 미안하다고 하는지

궁금해서 옆 눈으로 힐끗 쳐다봤더니

평소에는 너무 잘게 썰어줘서

저걸 씹어먹어야 되나, 마셔야 되나

고민하게 했던 고기를 큼직큼직하게 썰어 듬뿍 담고

그 위에 참기름 냄새 솔솔 풍기는 계란부침까지 얹어 왔습니다.

마음속으로 가지 말라고 하는데도 자존심 없는 내 발은

슬금슬금 밥그릇 쪽으로 가고 있습니다.

벌을 서다

"이상한 일일세, 내가 참치전하고 호박전 부쳤지?"
"네! 아까 제가 도와 드렸잖아요. 왜 그러시는데요?"
"호박전은 있는데 참치전이 하나도 없어."
식탁 밑을 들여다 본 누나가
"엄마! 애기가 먹고 있어요."
마지막으로 먹고 있던 참치전이 입에서 툭 하고 떨어집니다.
'히잉! 고자질쟁이 얄미운 누나!'

이럴 땐 벌떡 일어나 두발로 서서
혀를 조금 내밀어 살짝 깨물고 고개는 갸웃 갸웃
그리고 애처로운 눈으로 말끄러미 쳐다보면
'아이고 귀여워라' 면서 뭐든지 용서를 받았었습니다.
그러나 오늘은 아닌 가 봅니다.
뒷발로만 서 있는데
앞발을 두 손으로 잡고 싹싹 비비며 잘못했다고 하랍니다.
발바닥이 불난 것처럼 뜨거워졌는데도 계속 비벼댑니다.
엄마는 화가 단단히 났는지
'앞으론 그러지 마. 발 내려.'라는 소리도 없이
저녁만 차리고 있습니다.

"이제 그만하지."라고
아빠가 역성을 들어줄지도 몰라
목을 길게 빼고 최대한 슬픈 눈으로 쳐다보았습니다.
빙긋이 웃는 아빠의 눈과 분명히 마주쳤는데도
헛기침만 하고 모르는척해서 야속하기만 합니다.
모두들 지나가면서도 내가 없는 듯 눈도 맞추지 않더니
자기들끼리만 저녁을 먹고 있습니다.

설거지까지 끝낸 엄마는 내게 편안히 앉으라는 말 대신
양심에 수없이 찔려
지금쯤은 따끔거리는 고통에 몸부림치고 있어야 하는데
너무 멀쩡하게 서 있다고 했습니다.
가족들 모두 외면하는 것을 보니 잘못한 것 같기도 하고
그것보다 두 발로만 서 있는지가 꽤 되었기에
뒷다리가 달달달 떨리기 시작했습니다.
엄마가 요렇게 비볐던가? 조렇게 비볐던가?
기억해내려 애쓰면서 앞발을 이리저리 비벼 봤습니다.
"어머나! 애기가 사람처럼 두 손으로 빌고 있어요."
"어디? 어디? 어머나 정말이네."
가족들은 내 앞에 모여 왁자지껄 웃고 떠드느라
내가 참치 전 몰래 먹은 것은 싸악 잊어버린 듯했습니다.

그날 밤,

코에서 참치 전 냄새가 심하게 나기 시작했고

배가 축구공처럼 부풀어 올라 걷지도 눕지도 못하게 됐을 때

먹은 것의 서너 배를 토해냈습니다.

엄마가 내 입을 벌려 목구멍 깊은 곳까지 알약을 넣어 주며

미련한 것이 미련하게 먹더니 탈이 났답니다.

트림이 꺼억 나오고서야 속이 조금씩 편해졌습니다.

끼잉 끼잉 끼이잉 (다음부턴 하나씩만 훔쳐 먹어야지.)

그 뒤로 더 괴롭게 된 것은

잘못한 일도 없고 뭘 몰래 먹은 것이 없는데도

손님들만 오면 앞발을 꼭 붙이고 사람처럼 빈다면서

"애기야! 빌어 봐, 한번 빌어보라니까."라며

없는 잘못을 빌라고 시키는 겁니다.

예전에는 몰래 먹고 빌었지만

이제는 먼저 빌고 맛있는 것을 먹습니다.

순서만 바뀌었을 뿐이지 이래저래 힘든 것은 마찬가지입니다.

끼이잉 끼이잉 (에휴! 힘들어.)

스무 번째.

건망증 때문에 떠난 물놀이

새벽부터 뱃속에서 오골보골 소리가 나더니 시간이 지날수록

우루룩 콰르룩

뱃속의 소리는 더욱 요란해지고 설사에 피까지 섞여 나왔습니다.

급히 찾아간 병원 응급실에선

여러 명의 간호선생님들이 앞을 가려

밖에 있는 엄마가 보였다, 안 보였다 합니다.

간호선생님이 움직이면 혈관을 다친다고 주의를 줬지만

목을 길게 빼고 이리저리 엄마를 찾았습니다.

"몰랐어요? 이 친구 유명해요. 견주가 안보이면 치료 못해요"

결국 엄마가 진료실로 들어와 나를 안고서야

얌전히 피도 뽑고 두꺼운 비닐 앞치마를 입고

내 다리를 붙잡아 줘서 엑스레이도 찍었습니다.

"전해질은 괜찮은데

융모 세포 탈락이 돼서 장출혈 유발이 됐습니다."

탈수가 심해 당분간 입원해야 한다고 의사선생님이 말했습니다.

링거 꽂는 동안 나를 안고 있던 엄마는

혼자 집으로 가버렸습니다.

"애기! 조금만 참아, 그래야 병이 낫지."
의사선생님과 간호선생님들이 달랬지만
우리 속에 갇힌 나는
머리로 창살과 벽을 박는 일을 멈추지 않았고
발에 꽂혀 있던 주사바늘은 입으로 빼버렸습니다.
덕분에 목에 칼라만 씌워졌을 뿐이지 집으로 갈순 없었습니다.
나에겐 너무도 긴 밤이 지나고서야
아침 일찍 엄마가 찾아왔습니다.
"애기가 어젯밤 병원을 떠들썩하게 했습니다. 하하하"
엄마하고 잠시라도 떨어지면 불안해하고
공격적으로 변하는 내 성격을 잘 알고 있던 의사선생님이
밤에 혈액 검사를 했는데 스트레스 수치가 높게 나와서
입원치료보다는 통원치료가 좋을 것 같다고 했습니다.
엄마는 한 팔로 나를 안고
다른 손엔 링거액, 주사기 등을 한 무더기 들고
꿈에도 그리던 우리집으로 돌아왔습니다.

집에 들어선 순간,

너무 기쁜 나머지 힘이 없어 비틀거리면서도

벽에 온몸을 문지르고 다녔습니다.

엄마는 내가 주사 맞는 동안 오줌 누기 편하게

화장실 가까운 곳에 링거액을 매달고

누워있을 방석도 마련해 줬습니다.

병원에서 발에 미리 꽂아 둔 주사바늘에

링거액에 매달린 주사기를 끼우고 움직이지 못하도록

내 발을 잡고 있던 엄마는 발이 차가워졌다고

따끈따끈한 수건으로 발을 덮어 주었습니다.

링거액 때문에 시릿 거리던 발이 따뜻해져서 한결 편합니다.

화장실 가느라 발을 움직여서 혈관이 막힐 때마다
엄마는 무섭다고 벌벌 떨면서도 주사기로 약을 넣어
굳어진 피가 풀리도록 해줬습니다.
아빠와 누나도
머리를 쓰다듬으며 반가워하면서도
눈에서는 걱정들이 뚝뚝 떨어집니다.
엄마가 밀린 집안일을 하는 동안에는
아빠, 누나가 교대로 내 발을 붙잡고 있었습니다.
밤이 되어 가족들은 잠이 들고 나도 누워 자는데
내 발을 붙잡은 엄마는 밤새 앉아서
벽에 머리를 쿵쿵 박아가며 꾸벅 꾸벅 졸고 있습니다.

아흐레 동안 링거를 맞다가
이틀 전부터 엉덩이 주사와 약을 먹을 때였습니다.
전에 물놀이를 같이 가기로 약속했던 친척들이
새벽에 집으로 왔습니다.
"에그머니! 집에 환자가 있어서 못 간다고
연락을 했어야 하는데 정신이 없어서 깜빡했네."
"건강하던 녀석이 얼마나 아프기에?"
친척들은 건강이 최고라며 민망할 정도로 위로를 했습니다.
의사선생님이 오늘까지 치료하면 된다고 했으니
내가 차를 타도 되는지 상의해 보고
허락하면 같이 가기로 의견들을 모았나 봅니다.
병원 문을 열 시간까지 왁자지껄 떠들며 기다렸습니다.
아픈 뒤라 멀미를 할지 모른다고 멀미 예방주사까지 맞고
사료를 물에 불려 보온병에 담는다, 약을 챙긴다,
정신없이 수선을 떤 뒤에야 우리는 출발할 수 있었습니다.
간간이 차를 세워 오줌도 누고 물도 먹어가며 도착한
용문산 계곡은 시원한 바람과 흐르는 물소리가 가득했습니다.

"시원하니 천국일세, 천국이야."

"마누라 건망증 덕분에 멋진 경치 구경을 하네. 고마워!"

엄마 품에 안겨

내 눈에 다 안들어올 정도로 큰 은행나무도 구경했고요.

가족들이 흐르는 물에 세수도 하고 발들도 담그며 물놀이를 할 동안

난 엄마 무릎 위에 누워 그 모습들을 구경했습니다.

뛰어놀지도 못하고 물속에 풍덩 들어가 수영 실력을 뽐내진 못했어도

가족들의 합창하듯 웃는 소리에 행복했고

오랜만의 나들이라 더욱 행복했습니다.

수박, 김밥, 닭튀김 등을 먹으며

"엄마 입속에 있는 것까지 뺏어 먹던 녀석이 힘없이 있으니 가엾네."

가족들은 뛰어놀지 못하는 내게

한 번씩 아프고 나면 철든다고 위로를 해줬습니다.

즐겁고 시원한 하루를 보내고 집으로 온 며칠 뒤부터

난 전처럼 열심히 뛰어놀고, 열심히 사고치고

엄마 입속에 있는 것까지 뒤져 먹곤

질겁한 엄마에게 열심히 쫓겨 다니고 있습니다.

왕왕왕 왕왕왕 (나 잡아 봐요.)

스물한 번째.

누더기가 된 생일 선물

나도 모르지만 가족들도 내가 태어난 날을 모릅니다. 그래서
가족들은 내가 업둥이로 들어온 날을 내 생일로 정했습니다.
생일에는 케이크, 선물 등을 주며 온 가족이 축하를 해 줍니다.
아 참! 케이크에 촛불을 켜고 노래를 불러 주지만
폭죽은 터트리지 않습니다.
아빠 생일에 폭죽 소리에 놀란 내가
오줌을 질펀하게 싸고 잠시 기절했던 일이 있었기 때문입니다.

누나는 하늘색에 흰 천사 날개가 달린 두툼한 겨울옷과
분홍색 줄무늬 옷, 분홍색 머리핀을 생일 선물로 줬고
엄마는 닭고기를 썰어 말린 것, 고기 통조림,
커다란 상자에 가득 담긴 뼈다귀 모양의 비스킷,
그리고 토끼 무늬가 있는 폭신한 헝겊 침대를 선물했습니다.
아빠는 나를 먹여 살리고 있으니
매일 선물을 주는 것이라고 어깨를 으쓱하며 말했습니다.
선물로 받은 옷, 그리고 헝겊 침대에도
목을 석석 비벼 내 것이라는 표시를 했습니다.

그러나

선물이 좋은 것만은 아니라는 것을 금세 깨닫게 됐습니다.

밤에 자려고 방으로 들어갔더니

우리집에 온 첫날부터 함께한 담요가 없어지고

그 자리에 헝겊 침대가 자리 잡고 앉아 있는 겁니다.

헝겊 침대를 발로 차며

으르릉 으르릉 (담요 어디로 보냈어? 어디 있느냐고?)

헝겊 침대는 뒤집히는 수모를 당하면서도 한마디 말도 없습니다.

온 집안을 헤매던 끝에

베란다 빨래 건조대에 있는 담요를 찾아 겨우 누웠습니다.

커엉컹 커엉컹 (다시 만나 반가워, 담요야!)

"네 침대서 자라니까."

으르렁 으르렁 (담요하고 잘 거예요.)

"어쭈! 너 지금 엄마한테 덤비는 거지?"

밤마다 실랑이를 벌이던 엄마와 나는

다음 날 출근해야 하는데 시끄러워

잠들 수 없다는 아빠에게 거실로 쫓겨났습니다.

호시탐탐 담요를 노리는 엄마 때문에
언제나 입에 물고 질질 끌고 다녔지만
잠깐 화장실 다녀온 사이에 빼앗기고 말았습니다.
커다란 가위로 담요를 조각내고 있는 엄마에게

으르렁 으르렁 (담요 이리 주세요.)

"우리 서로 반씩 양보하자 좋은 생각이지?"
아빠, 누나가 집에 올 시간이면
현관에 앉아 기다리는 것이 신통하기는 한데
겨울에는 엉덩이가 꽁꽁 얼어
담요 위에서 기다리게 하려고 했었답니다.

146

그런데 새 침대에 정을 붙이지 못하고
담요에 집착을 해서 아까운 것을 잘랐답니다.
헝겊 침대에 담요 조각을 군데군데 꿰매더니
엄마가 신고 있던 양말까지 훌렁 벗어 꿰맸습니다.
담요로 만든 내 엉덩이만한 방석,
그리고 누더기로 변한 헝겊 침대를 내밀며
"이제 엄마 냄새랑 네 냄새가 나니까 들어가서 누워봐."
'으음! 엄마 냄새, 으음! 내 냄새.'
누더기 침대에 목을 비비기도 하고 발로 긁어대기도 했다가
나중에는 헝겊 침대 안으로 들어가 온몸을 비벼댔습니다.
이제는 밤마다 엄마와 실랑이하는 일도 없어졌고
담요 조각이며 엄마 양말이 하나, 둘 사라졌어도
폭신한 새 침대에 정이 들고 말았습니다.

크르릉 크르릉 (네가 맘에 들어.)

스물두 번째.

불효자는 엄마가 만든다.

오늘은 엄마 얼굴로 밥그릇 놀이를 하기로 했나 봅니다.
납작하게 썬 오이를 얼굴에 처덕처덕 붙이고
잠이 들었는지 엉덩이를 들썩거리며 기다려도
먹으라는 말도 없이 소용하기만 합니다.
와릉 와릉 와르릉 (이제 먹어도 되죠?)
뜨뜻해진 오이를 다 먹고 나니 살살 졸음이 쏟아져
엄마 옆에 누워 잠이 들었습니다.

"이 불효막심한 녀석 같으니라고."
나는 천둥치듯 큰 소리에 화들짝 잠에서 깨어났습니다.
마사지 크림 한번 사다 준 적도 없는 녀석이
얼굴에 붙인 것까지 먹었다고 소리 지르는 엄마 얼굴엔
눈, 코는 없고 커다란 입만 있는 것 같았습니다.
왈왈왈 왈왈왈 (왜 그러는데요? 깜짝 놀랐잖아요.)
잘못한 것도 없는데 소리 지르기에 놀랐다고 말했을 뿐인데
염치없이 말대꾸를 꼬박꼬박하는 녀석이라고 합니다.
난 심장사상충 약을 까까라고 속이고 줬어도
저렇게 소리치지 않았는데 정말 나쁜 엄마입니다.

엄마는 장난이 얼마나 심한지

소시지, 비스킷 등을 담요 밑이나 쿠션 밑에 숨겨 놓기도 하고

소파 등받이 위에 올려놓고는

시치미를 뚝 떼고 앉아 있을 때가 많습니다.

하지만

내 코가 순식간에 그것들을 찾아내 맛있게 먹곤 했습니다.

"야아 그렇게 빨리 찾아 먹으면 재미가 없잖아."

또 엄마 머리카락 속에 숨겨 놓고

"이번엔 못 찾겠지? 그치?"

왈왈왈 왈왈왈 (못 찾긴요.)

왈왈왈 왈왈왈 (머리카락 속에 숨긴 것 다 알아요.)

소파 등받이 위로 뛰어 올라가 앞발로

머리카락을 긁어 보지만 비스킷이 떨어져 나오질 않습니다.

엄마 머리를 퍽 쳤더니 머리가 옆으로 홱 꺾이며

비스킷이 바닥으로 떨어지기에 먹었습니다.

그랬더니 엄마를 때리는 불효막심한 녀석이라고 했습니다.

어느 날은 외출하면서

말썽 안 피우고 집을 잘 지키고 있으면

맛있는 것을 준다고 머리를 쓰다듬으며 약속했습니다.

난 그 약속을 굳게 믿고

헝겊 침대 안에서 꼼짝 않고 기다렸습니다.

"아유! 착하게 엄마를 기다렸쪄영?"

상으로 준다고 간식 서랍에서 소시지를 꺼내

호주머니에 넣고 천천히 손을 씻고 발까지 씻습니다.

왈왈왈 왈왈왈 (빨리 주세요.)

"에그 보채지 마세용."

웃으며 베란다로 나가더니 화초를 들여다봅니다.

빨리 달라고 호주머니를 긁어댔습니다.

"히히! 약 오르지롱."

까까로 살살 약을 올리는 엄마에게 화가 나서

눈앞에 보이는 엄마 엉덩이를 살짝 무는척을 했습니다.

으르릉 으르릉 (얼른 주세요.)

"아이쿠! 무섭다 무서워, 불효막심한 녀석 같으니라고."

와르르 컹 와르르 컹 (나 화났어요.)

제사를 모시는 개 손주

난 외할아버지, 외할머니의 기일이 되면 빠짐없이 참석을 합니다.

제삿날이면 외삼촌 집에는

가족들이 북적거리고 왁자지껄 웃고 떠드는 소리와

맛있는 음식 냄새가 온 집안에 가득 합니다.

첫해에는 외숙모, 이모들이 낯설어서

엄마 다리에 종종 매달려 주방으로 따라 들어갔더니

외삼촌과 함께 살고 있는

푸들인 '체리'와 거실에서 놀고 있으라고 했습니다.

"네가 새 식구로구나? 반갑다."

아빠 품에 안겨 있던 나는

낯선 사람들이 머리를 쓰다듬으며 말을 거는 통에 놀라서

아빠 옷 속으로 파고 들어가곤 했었습니다.

155

돌아가신 외할머니의 동생인 이모할머니는
"팔십 평생에 개가 제사를 지내러 온 것은 처음 본다. 쯧쯧쯧"
혀를 차며 개가 있어야 할 자린 마당이라고 했습니다.
가족 모두 합창하듯
"이모! 아파트에 마당이 어디 있어요?"
"요즘은 강아지를 마당에서
남은 밥이나 먹이는 개념이 아니고 가족으로 생각해요."
그런데 할머니가 더욱 질겁하신 것은 다음해에는
이모가 슈나우져 '어리'를 데려온 것입니다.
"큼큼! 점점 개판이 되어가는구나."라며
우리를 아무 곳이나 데리고 다니는 것은 아닌지
걱정을 하셨습니다.
가족들이 모두 강아지를 좋아하니까 데려오는 것이지
사람들이 싫어하는 곳은 구분한다고들 했습니다.
왁자지껄 시끄럽더니 드디어 제사상을 차립니다.
할머니가 젓가락을 음식 위에 올려놓으며
"언니, 형부는 복도 많수, 개 손주들까지 제사를 모시러 와서."
절을 하던 가족들이 왁자하니 웃습니다.

돌아가며 절을 하고 술잔을 올리더니 보이지도 않는

할아버지, 할머니를 배웅한다며 모두들 밖으로 나갑니다.

우리 셋은 음식이 가득한 상 근처를 기웃거리며 혀를 날름대다

"이놈들! 음복도 하기 전에 입을 대."

할머니에게 엉덩이가 얼얼하도록 맞고선

방구석에 고물고물 한데 엉켜 눈치만 보고 있었습니다.

밖에 나갔던 식구들이 들어옵니다. 엄마한테 매달리며

오우울울 오우울울 울울울 (엄마! 할머니가 때렸어요.)

그리곤 할머니 앞으로 달려들며 시끄럽게 짖어 댔습니다.

"너 할머니한테 혼났어? 또 일 저질렀구나?"

할머닌 손사래까지 치며

"아니다, 혼내지 않았다. 그런데 옹옹거리는 것이 이르는 거냐?"

엄마는 터져 나오는 웃음을 참지 못하며

"예! 저 없을 때 아빠나 누나한테 혼나면 이렇게 일러요."

세상에 별꼴을 다 본다던 할머니가

"홀홀홀 저것들이 음식에 입을 대서 한 대씩 때렸어, 지 어멈이

없을 때는 기죽어 있더니 개가 이를 줄 누가 알았겠냐? 홀홀홀"

다들 사래가 걸려 기침이 나오도록 웃었습니다.

159

이렇게 해마다 모여 제사를 지내는데
깔끔하고 얌전한 '체리'가 이제는
나이가 들어 귀도 안 들리고 눈마저 안 보여 누워만 있고
'어리'와 나만 할머니에게 야단을 맞아가며
온 집안을 뛰어다니곤 합니다.
할머니도
"홀홀홀 고 녀석들 볼수록 구엽다, 구여워! 홀홀홀"
머리도 쓰다듬어 주고
배가 맹꽁이 배처럼 부풀어 올랐다고 그만 주라는
가족들 아우성에도
먹을 것을 숨겨 두었다 몰래 주기도 합니다.
우리집에 놀러 오셨을 때는
내가 좋아하는 까까 사주라고 엄마에게 용돈도 주셨습니다.

왕 왕 왕 왕 (할머니! 매일 놀러 오시면 안돼요?)

스물네 번째.

보복의 끝은

난 커피를 무척 좋아합니다.
엄마가 마시고 조금씩 남겨주는데 가끔 혼자 다 마시곤
"아이구! 깜박했다 미안해!"라고 합니다.
그래서 오늘은 잊지 말고 남겨 달라며 커피잔을 발로 찼습니다.
"앗! 뜨거워, 먹을 땐 개도 안 건드린다는데 엄마를 건드려."
젖은 옷을 갈아입고 소파에 누워 책을 읽고 있습니다.
왈왈왈 왈왈왈 (커피 주세요, 커피!)
"콩콩거리며 탭댄스 춰도 소용없어 네가 다 엎었잖아."

커피를 한 모금도 남겨주지 않은 엄마에게 심술이 나서
엄마 양말 한 짝을 벗겨서 가까운 곳에 내려놓고 기다렸습니다.
너무 멀리 가져다 놓으면
"이리 가져와!" 소리치지만
가까운 곳에 두고 기다리면 씩씩거리면서 가지러 옵니다.
엄마가 다가오면 양말을 물고 조금 먼 곳에 내려놓고
다가오면 또, 물고 도망가고
약 올리면서 기다리면 아주 재미있습니다.

드디어 책을 내려놓고 내 앞에 떡 버티고 서더니
"양말 내놔!"
난 양말을 물고 화장대 밑으로 도망가서 배 밑에 싹 감췄습니다.
"그으래? 관둬, 이따가 후회할걸."
서랍에서 다른 양말을 꺼내 신더니
내겐 눈길 한번 안 주고 다시 책만 읽고 있습니다.
엄마가 화를 내고 펄쩍펄쩍 뛰어야 재미있는데
화장대 밑에서 기다리자니 오지도 않고
여간 심심한 것이 아니었습니다.
나도 그만 시들해져서 눈치를 슬금슬금 보며
엄마 옆에 누워있다가 잠이 들었나 봅니다.

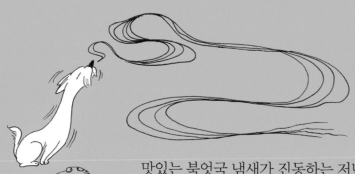

맛있는 북엇국 냄새가 진동하는 저녁식사 시간입니다.

난 엄마 옆, 빈 의자에 냉큼 올라가 앉았습니다.

"아까 내 양말 벗겨간 녀석이 누구지?"

'으응! 그 양말, 기억은 나지만 몰라요, 몰라.'

한 입 얻어먹으려고 못 들은 척 계속 버텨 봅니다.

엄마가 큼직한 북어건더기를 식탁에 흘렸습니다.

입을 벌려 북어건더기를 먹으려는데

"양말!" 하고 외칩니다.

머쓱해서 곰곰 생각해보니

아무래도 돌려주는 것이 좋을 것 같았습니다.

화장대 밑에 숨겨 놓았던 양말을 식탁 위에 얌전히 올려놨습니다.

그랬더니 웬걸!

기다렸다는 듯이 떨어져 있던 커다란 북어건더기를

엄마 입으로 홀랑 집어넣는 것이었습니다.

몹시 마음이 상한 나머지

의자에서 내려와 식탁이 보이는 벽에 기대 앉아

산더미만한 밥숟가락이

엄마 입으로 들어갈 때마다 으르렁거렸습니다.

으릉 으릉 으르릉 (치잇! 치사해서 나도 안 먹어.)

으릉 으릉 으르릉 (교활한 엄마!)

엄마가 달그닥 달그닥 설거지를 하고 있습니다.

행동이 조금만 빨랐어도 먹을 수 있었던

북어 건더기를 아쉬워하며 맛없는 사료를 먹으러 갔습니다.

왈왈왈 왈왈왈 (아니 이것은?)

깜짝 놀라 내 눈이 장난감 공만큼 커졌습니다.

내 밥그릇에 북어 건더기가 소복이 담겨 있었기 때문입니다.

엄마 발에 내 목을 싹싹 비비며 뒹굴었습니다.

와르 와르 왈왈왈 (북어는 너무 맛있어요.)

"아양 떨지 마. 짜샤! 아까 엄마한테 으르렁 거렸지?"

와르 와르 왈왈왈 (미안해요, 미안해!)

"비켜어, 밟히잖아."

와르 와르 왈왈왈 (화 푸시라니까요.)

스물다섯 번째.

내 친구 루비, 루시

찰랑거리는 긴 갈색 털, 우아한 걸음걸이, 그윽한 두 눈,
남매지간인 루비와 루시는
요크셔테리어인 나와는 생김새며 덩치가 전혀 틀린 콜리여서
셋이서 몰려다니면 사람들은 전혀 어울리지 않는다고 말하지만
우리는 친한 친구 사이입니다.
푸들인 마루, 몽이 부부와도 친구지만
루비, 루시와 제일 많이 어울려 다닙니다.
둘은 비슷하게 생겨 엄마는 몇 년이 지난 지금까지도
누가 루비이고 루시인지를 구별을 못 합니다. 바보처럼
난 한눈에 알아볼 수가 있는데…

너무 부끄러운 일이어서 다시 생각하기 싫지만
루시에게 첫눈에 반했던 나는
두 번째 만나던 날, 청혼을 했었습니다.
내 사랑을 받아 달라는 간절한 마음을 전한 순간,
루시는 뒷발로 있는 힘껏 뻥 차며 거절했습니다.
발길질에 저 멀리 튕겨나가 땅바닥에 널브러져 있는데
이번에는 루비가 앞발로 내 목을 꾹꾹 누르는 바람에
너무 창피해서 털이 내 얼굴을 덮고 있지 않았다면
나는 빨개진 얼굴을 감출 수가 없었을지도 모릅니다.

컹컹컹 컹컹컹 (내 동생! 건드리지 마.)

깨갱 깨갱 깨갱 (발부터 치우고 얘기하면 안 될까?)

톡톡히 망신을 당했기에

루비, 루시를 만나면 피해 다녀야지 하고 생각했지만

공교롭게도 산책길에 딱 마주친 것이었습니다. 그러나

고맙게도 전날의 일은 잊은 듯 엄마 뒤로 숨는 나에게

루비, 루시가 먼저 다가와 목을 비벼주며

반갑다고 인사를 해 줘서

우리는 친구로 지내게 된 것입니다.

174

공원 한쪽, 사람들이 지나다니지 않는

넓은 공터에서 여러 친구들과 모여 놀곤 합니다.

우리 셋이 만나는 날이면 원반던지기 놀이를 하는데

난 한 번도 원반을 잡아보지 못했습니다.

내가 구르다시피 달려가도

키가 크고 다리가 늘씬한 루비, 루시는

경중경중 몇 번만 뛰면 잡아챌 수 있기 때문입니다.

헥헥 거리는 나를 위해 루비 엄마가 내 앞으로 던져 주지만

그마저도 중간에서 뛰어오르며 낚아채는 통에

좌절감이 들어 너무 속이 상했습니다.

애꿎은 엄마에게 짜증을 내고 화풀이를 하면

"에그! 사내 녀석이 툭하면 삐치긴."

속이 바늘구멍보다도 좁다고 야단을 치면서도 친구들에게

나도 놀 수 있게 해달라고 부탁을 해주곤 했습니다.

루비, 루시도 미안했던지 코로 내 코를 콕콕 건드려 주곤

엄마 옆에 앉아

자기네 엄마가 내게 원반 던져 주는 것을 구경하곤 했습니다.

와르르 왕왕 와르르 왕왕 (친구들아 고마워! 나도 잘하지?)

한동안 보이지 않았던

몽이, 마루 부부가 오랜만에 산책을 나왔습니다.

컹컹컹 컹컹컹 (반가워 친구야!)

왕왕왕 왕왕왕 (친구야! 보고 싶었어.)

우리 셋과 마루는 펄쩍펄쩍 뛰어오르며 반갑다고 인사를 하는데

남편인 몽이는 말없이 서 있기만 해서

우리 모두 의아해 했습니다. 알고 보니

몽이가 시끄럽게 짖어 이웃들이 많이 힘들어들 했답니다.

그래서 자식처럼 정이 든 몽이를 다른 곳으로 보내는 것보다는

마음 아파도 성대제거 수술을 해서 같이 살기로 했던 것입니다.

목소리를 잃은 가여운 몽이에게 우리들이 위로를 해줬지만,

다시 명랑한 몽이로 돌아오기까지는 시간이 꽤 걸렸습니다.

예전처럼 카랑카랑한 목소리는 아니었어도

'격격', '햑햑' 하는 소리로도 몽이가 무슨 말을 하는지

우리는 알아들을 수 있었고

티격태격, 아웅다웅하면서도 사이좋게 뛰어놀곤 했습니다.

우리들은 매일 만나는 것은 아니었지만

눈이 소복이 쌓인 날이면

눈 위를 뒹굴어 교대로 재채기를 해대고

온몸이 꽁꽁 얼도록 즐거운 시간을 보내기도 했습니다.

공원 전체가 꽃밭으로 변하는 봄에는

겨울보다는 긴 시간을 산책하곤 했습니다.

한 번은 향기가 코를 찌르는 꽃을 먹어보려다

화가 잔뜩 난 벌에게 쫓겨 엄마에게 도망갔더니

도와주기는커녕 비명을 지르며 도망을 가는데

어찌나 빠른지 목줄을 하고 있는 내가 질질 끌려갈 정도였습니다.

이제 꽃은 구경만하고 절대 건드리지 않기로 했습니다.

조금만 걸어도 혀가 입 밖으로 저절로 튀어나오는 한여름에는

분수대 근처 그늘에 앉아 있다가 오는 날이 많았습니다.

그나마 비가 쏟아지는 날에는 친구들을 만나지도 못합니다.

제일 신나게 노는 것은

낙엽이 잔뜩 쌓여 있을 때입니다.

밟을 때마다 들리는 바사삭 바사삭

소리가 너무 좋아서

걸어 다니는 낙엽덩어리가 될 때까지

뛰어놀곤 했습니다.

컹컹컹 컹컹컹 (친구들아! 신나지?)

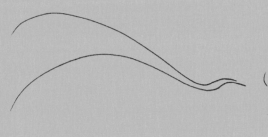

스물여섯 번째.

사랑을 시작한 아빠!

딩동 딩동

왕왕왕 왕왕왕 (와아! 아빠다. 아빠!)

제 자리에서 폴짝 폴짝 뛰어오르고 요란하게 꼬리를 쳤습니다.

"어이구! 비켜라 들어가게."

아빠가 밀쳐내도 난 다리에 종종종 매달려 들어왔습니다.

또 아빠의 얼굴을 정성껏 핥아주면

"침 묻어서 싫어."

커다란 손으로 얼굴을 써억 닦아 냈었습니다.

그뿐만이 아니고

텔레비전을 보고 있는 아빠의 발을 싹싹 핥으면

두 발을 소파 위로 냉큼 올려 무안한 마음이 들게 했었습니다.

그렇게 무심했던 아빠가 어느 날부터인가

반가워서 펄쩍펄쩍 뛰어오르며 꼬리를 치면

"그렇게 뛰다간 다리 다친다."고

품에 안아 내 머리를 쓰다듬어 주기 시작했고

요란스레 흔드는 꼬리가 떨어져 나가는 것은 아닐까하는

괜한 걱정을 심각하게 했습니다.

꼬리에 관절염 생긴 강아지 얘긴 아직 못 들어 봤다고

엄마가 웃으며 말해줘도 아빠는 믿지 않고

지금까지도 내 꼬리를 걱정하고 있습니다.

예전에는 얼굴이나 발을 핥으면 흠칫 놀라 확 치우더니

이제는 내 얼굴을 아빠 얼굴에 부비부비 비비기까지 하고요,

"하하하! 간지럽지?" 하면서

오히려 내 등이며 배를 문지르는 장난까지 합니다.

퇴근길, 아빠 손에는

내가 좋아하는 까까 봉투가 들려 있는 때가 많습니다.

그래서 이제는 아빠 얼굴보다 손을 먼저 쳐다보게 됩니다.

"우리 애기! 오늘도 엄마 잘 데리고 놀고 있었쪄여?

왕왕왕 왕왕왕 (오늘은 닭튀김 냄새가 나네요.)

"엄마가 애기 속은 안 썩이구우?"

왕왕왕 왕왕왕 (빨리 먹어요. 빨리!)

"하하핫! 너 밖에 없다, 너 밖에 없어."

집에 오면 오줌까지 질금거리며 반가워하는 통에

없던 기운도 생긴다고 했습니다.

어느 날은

봉투를 열어보니 먹을 것이 아닌 내 옷이 들어 있었습니다.

"아빠가 사 오신 것이 맞아요? 깔깔깔"

아빠답지 않고 곰살맞게 변했다고

엄마와 누나는 웃느라 정신이 없었습니다.

"아빠는 나보다 애기가 더 예쁘죠?"

"넌 시집갈 것이지만 애기는 우리랑 함께 살 거니까

당연히 더 예쁘지. 그치 애기야?"

누나는 내 옷만 사 온 것이 부러웠는지

주먹으로 아빠 무릎을 콩콩 때립니다.

난 아빠 품으로 폴짝 뛰어올라 누나를 향해 짖어 댑니다.

와르르왈 와르르왈 (우리 아빠 때리지 마!)

아빠 없을 때 두고 보자고 누나가 엄포를 놓습니다.

하지만 난 누나가 조금도 무섭지 않습니다.

"애기만 예뻐하니까 샘들이 나서 저런다. 그치이? 애기야"

왕왕왕 왕왕왕 (난 아빠가 좋아!)

아빠가 집에 계시는 날이면

우리는 종일

텔레비전을 보고 간식을 먹으며 소파에서 뒹굴거리다

"부지런해지는 학원 어디 없나? 우리집 남자들 보내게."

청소를 하며 청소기 소리보다 더 시끄럽게 잔소리를 하는

엄마를 피해 우리는 서둘러 공원으로 산책을 갑니다.

"애기야! 엄마 무섭지? 하핫!"

왕왕왕 왕왕왕 (소리 지르면 더 무서워요.)

"앞으로 엄마랑은 놀지 말자 애기야!"

왕왕왕 왕왕왕 (나도 아빠하고만 놀거야.)

스물일곱 번째.

남겨진 세 식구

절대 시집은 안 간다고 큰소리 뻥뻥 치던 누나가

내가 일곱 살 되던 해에 결혼을 했습니다.

평소 누나가 들어오던 시간만 되면

발자국 소리를 놓칠세라 현관문에서 귀를 쫑긋 세우고 기다렸지만

불을 끄고 잠자리에 누워도 들어오지 않았습니다.

누나가 없는 집은

무엇을 해도 재미가 없고 쉽게 맥이 빠져 허전하고 쓸쓸했습니다.

컴컴한 밤이면 자는 줄 알았던 엄마가 슬그머니 일어나

누나 방문을 살짝 열어봅니다.

낮에도 베란다에 나가서 화분만 멍하니 쳐다보고 있고

어두컴컴해져도 불을 켜지 않고 우두커니 앉아만 있습니다.

나도 엄마 옆에 나란히 앉아 있다가

얼굴이나 손을 핥아 주곤 했습니다.

가끔,

누나가 좋아하던 녹차 아이스크림과 커피우유를 사 들고 와선

"아참! 시집간 걸 깜빡했네."라고 말해서

엄마를 기가 막히게 하던 아빠가

아직 내가 현관에 나가 기다릴 시간도 안 되었는데 일찍 들어왔습니다.

"이제부턴 저녁 산책 같이 가려고. 좋지? 좋다고 말해."

"어이구! 고마워서 어쩌누…"

엄마, 아빠는 티격태격 하지만 저녁을 먹은 후

우리는 공원으로 산책을 갑니다.

아빠, 엄마가 운동복으로 갈아입으면 공원 갈 생각에 흥분해서
미리 현관으로 뛰쳐나가 펄쩍펄쩍 뛰며 기다립니다.
이름, 전화번호가 적힌 목걸이를 꺼내 들면
마음이 급한 나는 머리를 목걸이에 들이밀고
목줄은 입에 물고 현관문을 미친듯이 긁어댑니다.
왕왕왕 왕왕왕 (얼른 문 열어요. 빨리!)

"애기가 없었으면 쓸쓸해서 우울증 걸렸을 것 같아요"
"우리는 애기한테 고마워해야 해. 그치?"
"애기야! 넌 우리 곁에 오래 있어야 된다."
그렇지 않아도 누나가 결혼식 전날 밤에
엄마, 아빠 말씀 잘 들어야 된다고 당부하였기에
와르르 왈왈 와르르 왈왈 (아무 걱정마세요.)
큰소리로 안심시켜 드리고
소곤대며 걸어가는 아빠, 엄마 사이에서
엉덩이를 실룩 샐룩거리며 종종종 빠른 걸음으로 산책을 합니다.

192

뒷이야기

누나

왕왕왕 왕왕왕 (누나! 누나! 누나!)

"우리는 신혼집에 자주 오는 것 같아서 안 오려고 했어. 그치?
여보"

"맞아! 애기가 너 보고 싶다고 보채서 할 수 없이 왔어, 히힛"

누나와 매형은 까르르 까르르 웃으며

"애기가 사람처럼 말했다고요?"

"응! 그랬다니까."

우리 모두 까르르 까르르 웃습니다.

왕왕왕 왕왕왕 (누나! 많이많이 보고 싶었어.)

글쓴이 **고진미**

다윤이와 시윤이의 외할머니로써 두 손녀의 성장과정을 통해 일어나는 여러 재미있는
사건들을 동화속에 담고 있습니다. 아이들의 맑은 심성과 꿈을 동화를 통해 이야기하고
싶어 하며, 주변의 사소한 여러 사물에 대해 그들이 갖고 있는 소소한 여러 재미있는
이야기들을 모으고 있습니다.

그린이 **권세혁**

좋은 글을 그림으로 표현하는 작업을 하고 있습니다. 광고와 책에 들어가는 그림도 그리고,
가끔 멋진 글씨쓰기와 그림을 움직이게 하는 애니메이션작업도 합니다.

행복을 물고 온 강아지 1

글쓴이 고진미
그린이 권세혁

펴낸곳 마인드큐브
펴낸이 이상용
디자인 SNAcomm.(서경아, 남선미, 서보성)

출판등록 제2018-0000063호
이메일 viewpoint300@naver.com
전화 031-945-8046
팩스 031-945-8047

개정초판 1쇄 발행일 2022년 5월 10일

ISBN 979-11-88434-58-9 (03810)